3
転生王女と天才令嬢の魔法革命
The Magical Revolution of
Reincarnation Princess and Genius Young Lady....

「だから貴方にはーー負けられない、
負けたくないッ!!」
アニスフィア・ウィン・パレッティア
パレッティア王国第一王女。
弟・アルガルドの陰謀を事前に止める
ことに成功したが、それにより王位継承権が
復権することになった。

「――貴方の涙を
止めるために必要なら、
私は負けません」

ユフィリア・マゼンタ

マゼンタ公爵家の令嬢。
婚約破棄騒動のあと、
アニスフィアたちと共に
離宮で暮らしている。

「――私には、〝前世〟の記憶があるの」

「——偽物なんて、
そんなことがある訳ないでしょう！」

「――空に」

「――虹を」

「――この国に住まう、全ての民へ」

「――祝福を！」

紡がれる祈りの言葉に、結晶化した刃が弾けた。
飛び散っていく粒子はまるで花火のようだ。
私たちを中心にして弾けた空色と虹色の光はキラキラと
輝きながら宙に溶けていく。言葉にした通り、この光景を
目にした全ての者たちへ祝福を贈るように。
歓声は鳴り止まない。今度は子供だけじゃなくて、
誰もが降り注ぐ光の粒子に手を伸ばす。手に落ちれば
溶けて消えてしまう魔力の粒子は声を失う程に幻想的だ。
その光景を私はユフィと手を繋ぎながら見つめていた。
完全に消え去る時まで、いつまでも、いつまでも。

CONTENTS

Author
Piero Karasu

Illustration
Yuri Kisaragi

The Magical Revolution of Reincarnation Princess and Genius Young Lady....

転生王女と天才令嬢の魔法革命3

鴉ぴえろ

ファンタジア文庫

3046

口絵・本文イラスト　きさらぎゆり

転生王女と天才令嬢の魔法革命 3

The Magical Revolution of Reincarnation Princess and Genius Young Lady....

Author 鴉ぴえろ
Illustration きさらぎゆり

[これまでのあらすじ]

魔法に憧れながらも魔法を使えない王女、アニスフィア。
彼女は天才令嬢・ユフィリアを婚約破棄から救い、共同生活を始める。
ドラゴンの襲撃で功績を残した二人は、さらに王子・アルガルドの
国を揺るがす大陰謀を打ち破ることに成功した。
しかし、アルガルドの廃嫡で王位継承権の問題が発生し——!?

[キャラクター]

イリア・コーラル
アニスフィアの専属侍女。

レイニ・シアン
婚約破棄騒動の発端。実はヴァンパイアで、今は離宮の侍女。

ティルティ・クラーレット
呪いに関する研究をしている侯爵令嬢。

アルガルド・ボナ・パレッティア
アニスの弟。現在は辺境で謹慎中。

オルファンス・イル・パレッティア
パレッティア王国の国王。アニスの父。

シルフィーヌ・メイズ・パレッティア
国の外交を担う王妃。アニスの母。

グランツ・マゼンタ
王国公爵。ユフィの父で、オルファンスの右腕。

Author
Piero Karasu
Illustration
Yuri Kisaragi

The Magical Revolution of Reincarnation Princess and Genius Young Lady

オープニング

「……アニスよ、これは決定事項だ」

　重々しい声で父上がそう言った。ここは王城の執務室。執務机に肘を突いて、手を組んだ姿勢の父上の表情はとても険しい。

　傍に控えているグランツ公はいつも通り。母上は澄ました表情をしているけれど、その手は強く握り締められている。

　私はそっと息を吐く。ある程度覚悟していたから、父上が告げたことに驚きはなかった。ただ、やっぱりそうなってしまうんだという諦めのような気持ちが浮かぶ。

　浮かび上がってきた感情に蓋をするように私は取り繕った笑みを浮かべる。誰にも不安を感じさせないような完璧な笑顔。でなければこの先、やっていけないから。

「畏まりました、父上。予想はしていましたし、これも致し方ないことだと思ってます」

「……本当に良いのだな？」

　私が笑って言うと、父上は険しい表情を動かさずに問いかけてくる。それに私は笑顔を苦笑に変えてしまう。

「嫌ですね、決定事項と言ったのは父上じゃないですか。私だって他の選択肢がないこともわかってますよ」

「アニス……貴方(あなた)は」

母上が表情を崩して、眉を寄せながら私を見る。けれど、その先の言葉が出てこない。

結局そのまま黙り込んだ母上に代わって、グランツ公が口を開く。

「それでは、近々正式に発表する段取りをつけます。アニスフィア王女にはお手数をおかけ頂きますが、どうかよろしくお願い致します」

「わかりました、グランツ公。……あぁ、そうだ。それならユフィはどうしますか？」

「ユフィリアは今暫(しばら)く貴方のお側(そば)に置いてください。我が公爵家の意向を指し示すことにも繋(つな)がりますので」

「そうですか。グランツ公こそ、私が色々とご迷惑をかけることになるとは思いますが、よろしくお願いします」

「はい、それが我等の務め。全力で貴方の背をお支えすることをここに誓います」

グランツ公が胸に手を当てて深々と一礼し、頭を下げたまま告げる。グランツ公の声はとても重々しく、腹の底に響いてきそうな感覚が迫ってくる。

「――王位継承権復権。アニスフィア王女にとっては望まれぬことかと思いますが、どうかパレッティア王国の王族としての務めを果たして頂きますよう、お願い申し上げます」

＊　＊　＊

「……王位継承権の復権、ですか？」

王城での父上の通告が終わった後、私は離宮に戻った。それから父上に言われた内容を皆に説明したところ、真っ先に声を漏らしたのはユフィだった。イリアは少しだけ目を見開いて、レイニに至っては茫然としている。

「まぁ、仕方ないよ。もうアルくんもいないからね」

――アルくんが廃嫡されて、もう早くも二ヶ月の時間が流れた。

婚約破棄から始まったアルくんが巻き起こした騒動は、魔法省のトップが陰謀に加担していたこともあって王城は蜂の巣を突いたような騒ぎになってしまった。

王家唯一の男子であり、王位継承権のトップだったアルくんの廃嫡、そして追放。併せて政治的に大きな権力を持っていた魔法省長官を務めていたシャルトルーズ家の没落。この大きな騒ぎが収束するのにどうしても時間が必要だった。

一方で、私はアルくんとの戦いで使ったドラゴンの刻印紋の反動もあって療養していた。一週間もすれば動けるようにはなっていたけれど、経過を見るために今まで安静にするように言いつけられていた。

なので、今日の呼び出しは無茶をしたことへのお説教だと思ってたんだけれど、いざ話を聞きに行ってみれば思い詰めた表情で父上と母上が待っていて、私の王位継承権が復権することが説明された。

そこに私の意思はない。何せ、王位継承権を与えられるだけの王家の血の濃い継承者は私以外にはもういないから。だから、父上は私の王位継承権の復権を決めた。それを私は拒否することは出来ない。

「……アニス様は、それで良いんですか？」

硬い声で私に問いかけて来たのはユフィだ。その目には信じられない、信じたくないという感情が見え隠れしているように見えた。

そんなユフィの表情に私は苦笑が浮かんでしまった。私よりもユフィの方が深刻そうに見えてしまったからだ。

「国王直々の勅命だからねぇ。私も遊んでばかりじゃいられなくなりそうだ」

「えっと……王位継承権が復権されるということは、次の王様はアニス様なんですか？」

レイニが戸惑った表情のまま問いかけて来た。その質問に私は苦笑が更に深くなるのを感じながら溜息を吐く。

「どうかな。女王って前例にないから、今まで通りなら王配を迎えることになるかな」

「王配って……」

「王家の血は残さないといけないから。アルくんがダメなら私が世継ぎを産まないと」

何でもないように言えたかな。自分で改めて口にすると、胃が締め上げられて吐き気が込み上げてくる。それを決して吐き出さないように、表に出さないように閉じこめる。

「まぁ、そもそも私が認められるかって問題が待ってるんだけどね！」

「……王位継承権が戻ってもですか？」

「私は魔法が使えないからね。王族として見ると、これが致命的すぎるんだよね」

それこそ私が王位継承権を捨てた理由だ。精霊と契約を結んで、魔法を授かったパレッティア王国。その王族や貴族に求められるのは魔法の腕前だ。

才能がないだけならまだ救いはある。だけど私は一切魔法が使えない。王配を迎えるにしても、その足りない才能を埋められるかどうかはわからない。

王家の血は残せても、その血に継承させなければならない魔法の才能が受け継がれないなら私が継ぐ意味はない。

有力な貴族の子を養子として引き取るという手もなくはないけど、父上はそれを避けたいと考えている筈。

何せ魔法省の一件があったばかりだ。養子を取るとなれば我先にと王位欲しさに陰謀を張り巡らせようとする輩が続いてもおかしくない。

パレッティア王国は一見平和であるように思えるけれど、内部ではまだ権力闘争が続けられている。その証がアルくんが発端となった、魔法省のトップも加わった陰謀だ。

この一件で魔法至上主義、精霊信仰に篤い貴族たちの勢いは挫かれることになった。

それでもパレッティア王国の貴族の主流は精霊信仰派だ。彼等は王族や貴族に魔法の腕前、伝統の継承、精霊との繋がりを何よりも求めている。だから彼等は私を認めない。

(つまり国が割れそうな問題は山ほど残っている訳なんだよね)

だからこそ私でなければならない。元々、父上はゆっくりとこの国を変えていくつもりだった。時間がかかったとしても、流れる血は少ない方がいいと。そうして時間をかけて人を説得して、緩やかに変化を促そうとしていた。

その証拠に、表立っては認めてないけど父上は魔学に、魔学によって齎される魔道具に期待している。私の研究を止めなかったのも、そんな理由があったからだと思う。

平民の間に魔道具が広まるようになれば、貴族と平民の溝を少し埋めることが出来ると。

だけど、それは貴族にとって利権である魔法の領域に平民が足を踏み入れてしまうことにも繋がる。それは、かつてこの国で起きた争いの再現だ。

だから父上は慎重だった。慎重になりすぎて今回のような陰謀を許してしまったと言われると、それも否定出来ないのだけど。

精霊信仰派の中でも過激派だったシャルトルーズ伯爵家の陰謀のせいで、後継者だったアルくんを失ってしまった。そうなると王族の直系として残されているのは私だけだ。

だから父上は決断した。私を王位継承者として認めることを。変化を強いることになったのだとしても、このまま王位継承者を空位にして精霊信仰派の貴族に手綱を握られてしまう訳にはいかないと。

長年大きくなった歪(ひず)みが貴族と平民の距離を隔てつつある。民の中にも貴族の血は混ざっているというのに。この溝がいつか大きな悲劇となって国を襲うかもしれない。

だからここで時代の流れを変えなければならない。アルくんの言葉を借りるなら、ゆっくりと腐りつつあるこの国を救わなければいけない。

「まぁ、そういう訳で暫く慌ただしくしちゃうかもしれないけれど、ユフィとレイニにはあんまり関係ないからゆっくりしててよ」

「関係ないって……」

「ユフィは魔学の研究助手として、レイニも侍女見習いとして離宮にいてもらってる。私が王位継承者としてやらなきゃいけないことに二人を付き合わせる訳にはいかないから」

これから王族として色々と復帰していかなきゃいけない。まずは私の王位継承権が復権したことを貴族に知らしめていかないといけないだろうし。

その後は国王になるための地盤を作らなきゃいけない。グランツ公が後ろ盾になってくれるだろうけれど、私を認めない貴族を説き伏せなきゃいけない。

縁を結ぶために色々と画策しなきゃいけないことも出てくるだろうし、本当に何から手をつければ良いのか私には見当もつかない。今まで自由にしてきた分のつけだと言われても否定は出来ないんだけどね。

今までのように自由にはしてられない。これればかりは仕方ない。そう思えば気が滅入るばかりで、表情にも出てしまいそうになる。憂鬱な気を振り払うように首を左右に振る。

「……流石に疲れちゃったな。本当に急な話だったし、ちょっと休んでこようかな。慌ただしくてごめんね」

「アニス様……」

ユフィが心配そうに私の名前を呼ぶけれど、私は笑みを浮かべてユフィに軽く手を振る。

そのまま皆のいる部屋を後にして、自分の部屋へと向かった。

自分の部屋の扉を開けて、そのまま後ろ手で扉を閉める。鍵をかけて、ようやく一息をつくことが出来た。

この時、私の表情はごっそりと抜け落ちていたと思う。一人になって、ようやく誰の目も気にしなくて済む。鍵を閉めた扉に寄りかかりながら、手で顔を押さえる。もう何かに寄りかかっていないと立っていることも辛かった。

「……覚悟はしてたよ。わかってた、アルくんがいなくなったら残ってるのは私だけだ。だから、私がならなきゃいけない」

自分に言い聞かせるように私は呟く。そうでもしないと現実を受け止めきれなくなってしまいそうだったから。

アルくんはもういない。次の王は私だ。どんなに相応しくなくても、王族に生まれたからには王家の血は繋がなきゃいけない。

そのためには貴族たちに認められなければならない。私が王族であると、次の王に相応しいのだと。

「――………ッ！」

込み上げて来る吐き気を堪える。吐き出すな、何も吐き出すな。気付かれてはいけない。気付かせちゃいけない。堪えて、なかったことにして、何も見せてはいけない。

私だってわかってる。誰かが国の舵取りをしなきゃいけない。そうでなければ国を守ることなんて出来ないんだから。そして、王位を継ぐことが出来るのは私だけになった。

「……大丈夫」

もう私だってただの子供じゃない。魔法に憧れていただけの幼かった頃とは違うんだ。

空を飛ぶ魔道具を開発出来た。一部の魔法を道具として作れるようになった。その力でドラゴンすらも倒して見せた。

今の私には力があるんだ。私を否定してきた貴族を従わせることだって、今なら出来る筈なんだ。私が覚悟を持ちさえすれば。

だから笑える。だから大丈夫、私は大丈夫。私ならやれる。やるしかないんだ、と。

何度も繰り返しながら深呼吸する。扉に預けていた背を離して、部屋の中へと進む。

とにかく今は眠りたい。次に目を開けたら、色々と動き出さなきゃいけない。やらなきゃいけないことはたくさんあるのだから。

ベッドに向かう途中で、化粧台の鏡に自分が映っているのが目に入った。

王族の象徴とされる白金色の髪、若い緑のような薄緑色の瞳、少し童顔だけれども十分に整っていると思える顔。そんな私が鏡に映っている。

――そこに表情は何もなく、まるで人形のような私が鏡越しに佇んでいる。

私は意識して笑顔を作った。……大丈夫。笑顔を作ることには慣れている。
ずっとそうして生きてきた。私を嫌う人たちに隙を見せないように取り繕ってきた。
今までと何も変わらない。いつものようにやっていけば良い。私は自分に言い聞かせるように鏡に映る自分に語りかける。

「私は大丈夫。だって──」

──私は、アニスフィア・ウィン・パレッティア。この国の王女様なのだから。

1章　憂いは晴れず

「アイツ、本当に馬鹿よね？　ユフィリア様もそう思わないかしら？」

不機嫌な調子で私に対して口を開いたのはティルティです。彼女は見るからにふて腐れていて不満そうにしていました。

先日のアルガルド様が引き起こした騒動の後、療養していたティルティはようやく日常生活に戻れたようで、それを機にレイニの健康診断を再開してもらっています。

ティルティは療養している間、部屋に閉じこめられていたので外の状況がどうなっているのか知らなかったそうです。全てを知ったのは最近のことだと言っていました。

その頃にはアニス様の王位継承権の復権の話は貴族に広まりつつありました。その話を聞いてからティルティは不機嫌さを撒き散らすようになりました。

離宮に残っていたのは私とレイニで、アニス様はイリアを伴って王城に上がっています。王位継承権が復権することになってから、アニス様は離宮にいる時間がとても少なくなっています。

それだけ忙しいのでしょう。ティルティはそれすら不愉快なのか、眉を寄せて舌打ちを何度も零(こぼ)しています。

「今日も離宮にいないのは王城で用事があるから？　貴族と顔合わせ？　ふん、今更よね。それに誰もアイツが王になるなんて認めないんだから、さっさと有力貴族の子を養子に取るなりしちゃえばいいのよ」

「なんてことを言うんですか、ティルティ。流石に不敬ですよ」

「はんっ、知らないわよ。上がどれだけ無能だろうと知ったこっちゃないわ。私にはどうでもいい話だもの」

どうでもいいという割には不機嫌なのですが。指摘すると更に不機嫌になってしまうので追及するのは止(や)めました。

本当はティルティにアニス様の健康診断もしてもらいたいところなのですが、どうにもアニス様がティルティを避けているようで、あれから二人は顔を合わせてないのです。アニス様はティルティの話をすれば苦笑するようになり、ティルティはアニス様の話をすると今のように不機嫌の塊になってしまいます。どうしたものかと、つい頭を抱えたくなってしまいました。

「ユフィリア様も大変ね？」

「いえ、私は特に……」

「そうかしら？　ユフィリア様だって状況に振り回されてるじゃない。王子の婚約者だったのに婚約破棄されて、今度は王女に拾われて研究助手になったのに事実上のお払い箱。それでも澄ました顔しちゃって」

　率直な言葉をぶつけてくるティルティ。それが色々と胸に刺さりながらも私は首を振って誤魔化します。つい溜息が出てしまいそうになるのを堪えるのにも慣れてしまいました。

「私のことは良いですから。レイニは大丈夫ですか？」

「は、はい……」

　会話に入ってこれずに恐縮した様子だったレイニが小さく返事をします。

　レイニの格好は私服ではなく侍女服です。イリアから侍女見習いとして教えを受けているレイニは少しずつ侍女として成長しています。アルガルド様に負わされた怪我もヴァンパイアの再生力なのか、まったく傷一つ残っていません。

　それでも一度は心臓を抉られるほどの重傷だったのは間違いありません。だからこうしてティルティに診てもらっています。今のところ、これといって問題はないのでそこまで心配はしていませんが。

「レイニは素直でいいわねぇ、どこぞのキテレツ王女様とは大違いだわ」

「あ、あはは……」

またもや悪態を吐きはじめたティルティにレイニが苦笑を浮かべて誤魔化します。私は堪えきれずにティルティに問いかけました。

「ティルティ、そんなにアニス様の王位継承権が復権したことが不満なんですか？」

「ふん。むしろ不満に思わないといけないのは貴方じゃないの？　ユフィリア様」

「……不満など、私が言える立場では」

「立場。そう、立場ね。アイツは王族で、アンタは公爵家とはいえ一貴族。立場で考えれば満点の回答よ。流石、完璧令嬢様は言うことが違うわ」

ティルティの皮肉には流石に眉が寄りました。ですが、ティルティの目に込められている激しい感情を感じ取ってしまうと何も言えなくなってしまいました。

「知ったことじゃないわよ。立場があるから王様にならなきゃいけない？　アイツに王様なんてやらせてみなさい。絶対ろくでもないことになるに決まってる」

「そ、そこまで言い切るんですか……？」

「アイツが王になるってことは、それだけ面倒事になるしかないってことよ」

断言するティルティに、レイニも戸惑っているようでした。アニス様が次期国王となる、その難しさは私とてわかっているつもりです。

前提としてアニス様はパレッティア王国の王族として求められている魔法の才能がありません。魔学によって功績を挙げることは出来るでしょうけども、それは異端と見なされてしまって大半の貴族には好意的に受け止めてもらえません。

それにアニス様は長いこと貴族社会から離れていました。お父様が後ろ盾として立つと言っても貴族たちを味方につけるのは一苦労でしょう。いざ王になったとしても臣下が付いて来なければ意味がありません。

「わかっています。アニス様が快く迎え入れられないということは。ですが、それをお支えするのが私たち貴族の……」

「はい、失格。早速ダメダメじゃないのよ。ユフィリア様、誰が立場の話や政治の話をしろと言ったのかしら？」

「……だとしたら、何が問題だと……？」

「話にならないわ。そうやってアルガルド王子の時と同じ失敗を繰り返したいの？」

ティルティの言葉で頭に血が上りそうになりました。喉が引き攣りそうになりつつも、私は胸を押さえて自分を抑え込みます。

咄嗟に抑え付けなければ、ティルティに摑みかかってしまいそうでした。湧き上がった衝動の大きさに私の顔から血の気が引いていきます。

「ティルティ様！　流石に言い過ぎです！　ユフィリア様だって、何も悩んでない訳じゃないんですよ!?」

「……わかってるわよ」

固まってしまった私に代わり、レイニが目を吊り上げてティルティに怒鳴りました。気まずい空気が流れましたが、それを変えるようにティルティもばつの悪そうな表情で目を逸らしてしまいます。

「……悪かったわ、ただの八つ当たりよ。文句を言うならアニス様に言うべきだったわ」

「……いえ」

ティルティが視線を逸らしたまま口を開きます。

「まったく！　結局、全部アイツが悪いのよ！　今更、王位継承権なんて！　何のために王位継承権を捨てたのよ！　それをホイホイあっさりと手元に戻しちゃって！」

「……でも、アニス様が王位継承権を放棄したままだったらどうなってたんですか？」

「……アニス様が放棄したままだと、次の候補がいないのよね」

「アニス様の他に候補になれる血筋の方はいないんですか？」

レイニの疑問に対して、ティルティは眉を寄せながら首を左右に振ります。

「アルガルド様以外に残ってる直系はアニス様だけなのよ。本来、王家の血が入ってるなら公爵家も候補に入るのだけど、今の公爵家に王位を継がせるとなると問題だらけだし」

「アニス様の王位継承権が戻らないなら、有力な貴族に王位を譲るか、優秀な子息を養子として引き取ることになるでしょう。そうなれば今以上に権力闘争が激しくなるのは明らかです。貴族同士の争いに繋がりかねません」

ティルティの説明に私も頷きつつ、補足を入れるように言葉を足しました。

レイニが寒気を覚えたような表情で腕をさすっています。私とて楽しい話題ではないので声は自然と低くなります。

「……じゃあ、どうしてもアニス様が王位継承権を持ってないとダメってことですか？　でも、貴族はアニス様を認めないって……」

「アニス様には王族として必要とされる才能がないんだもの、致命的よね」

「じゃあどうしろって言うんですか⁉　流石に勝手すぎませんか⁉」

レイニが声を荒らげるけれども、私は難しい表情を浮かべることしか出来ませんでした。

ティルティも同じような表情を浮かべています。

「精霊信仰派の貴族はアニス様を失脚させたいんでしょう。そうなれば自分たちが、あるいは自分たちの子が新たな王位を継げるかもしれないんだから」

「……勝手すぎます、そんなの。それが原因でアニス様とアルガルド様が仲違いしたっていうのに、そんなに権力が大事なんですか？」

理解できない、というように首を左右に振るレイニ。そんな彼女を私は思わず眩しいものを見るように眺めてしまいます。

「……そんな風に考えられる貴族は少ないのよね。だから、この手の問題はパレッティア王国には昔から尽きないのよ」

「……昔から、ですか？」

「そうよ。歴史の勉強したでしょ？　オルファンス陛下が即位する前の話は知ってる？」

「えっと……当時の王太子であったお兄さんがクーデターを起こした話のことですか？」

「貴方の父親には縁が深い話よ。先代の王様、つまりアニス様のお祖父様が平民に混じってしまった貴族の血を、それだけではなく優秀な平民を貴族に引き上げるための政策を取り決めたわ。けれど、この政策は当時の軍閥派だった貴族たちの猛反発を招いた」

パレッティア王国の貴族は血筋に強い執着を持っています。家同士の繋がりという一面もありますが、何より先祖から受け継いできた魔法の力を子孫にも受け継がせるためです。だからこそ貴族と平民の身分を明確に分けようとする意識は貴族の間で根強く、オルファンス陛下が即位する前は今よりもその風潮が強かったと聞いています。

「貴族に平民の血が混じれば血が薄くなると誰もが考えていた時代よ。平民との駆け落ちや、結ばれることなんて御法度。昔は今よりもっと酷かったって皆が口を揃えて言うわ」

「……だからオルファンス陛下のお兄さんはクーデターを起こした？」

「そうですね。当時のパレッティア王国は今よりも貴族と平民の立場を明確に区別しようとする動きがありました」

「だから平民たちの不満も今以上に溜まっていたわ。それこそ、いつ内部崩壊してもおかしくないってぐらいに酷かったらしいわよ？」

貴族を特権階級たらしめたい。その名残が今でもまだ残っています。横暴な貴族の噂は絶えることはありませんし、そんな貴族に対して不満や恐れを抱いている平民もまた多いのです。それが貴族のあるべき姿ではない筈なのに。

「話を戻すわよ？ キッカケはともかく、クーデターは起きてしまった。ここで問題なのがクーデターを起こしたのは当時の軍閥貴族。武闘派の貴族のほとんどが敵に回ったのよ。当時のオルファンス陛下はよく国を保たせたわよね」

「それは……お父様と、それからシルフィーヌ王妃の存在が大きかったのでしょうね」

「そうね、クーデターを鎮圧した功績で今のお二人の地位があると言っても過言ではないわ。当時から最強の座を争っていた、なんて言われる程の実力者だもの」

「へぇ……ユフィリア様のお父様も凄い人なんですね」

レイニの父への素直な賞賛の言葉に私は困ったように笑うことしか出来ませんでした。

多種多様な魔法を扱いこなし、武芸や政治にも才覚を見せたお父様。私もお父様のようだとも言われていますが、正直とても追いつける気にはなりません。

「……あれ？　それならマゼンタ公爵家ではダメなんですか？　公爵家ってことは王家の血も流れていますよね？」

「確かにマゼンタ公爵家は王家の血も取り入れています。ですが、それはもうかなり前の代の話です。我が家の血の濃さであれば王位継承権があったとしてもかなり後になっていたと思います」

「それにマゼンタ公爵家の子供を王家の養子にするのは無理でしょうね。色々と問題があるもの」

「問題ですか？」

「マゼンタ公爵はクーデターを終わらせた後、敗戦側であった武闘派貴族を再編してその上に立ったの。それが転じてマゼンタ公爵を筆頭とする新たな派閥が出来たのだけど、だからこそマゼンタ公爵家の血筋は国王にはなれない。かつてクーデターを起こした貴族をそのまま重用することになりかねないから。そんなの魔法省が猛反対するでしょうよ」

「……なんで魔法省が反対するんですか？」

レイニは魔法省という単語が出ると唇を尖らせました。アルガルド様の一件から魔法省への印象は大変悪いものになっているようです。正直、魔法省への悪感情があることを私も否定できないのですが。

「魔法省に所属している貴族の多くがオルファンス陛下の即位を支援した派閥だからよ。クーデターが起きた際、オルファンス陛下は中立派だった魔法省を己の陣営に引き入れて対抗したの。その功績から魔法省はその地位を大きく上げて、今の権力を手に入れた」

「そうだったんですか？」

「魔法省は元々、魔法を研究したり精霊の信仰を深めたりするための組織なのよ。だから知恵袋というか、ご意見番という立ち位置だったの。ただ権力が強くなってから組織の体制も変わってしまったわ。国の文化の最先端を担うと言えば聞こえはいいけれど、結局は過去の栄華に拘った古ぼけた老害どもよ」

「ティルティ、言い過ぎです」

流石に暴言が過ぎたので咎めておきます。とにかく魔法省は研究機関であるのと同時に過去の歴史を編纂して管理、あとは催事の取り仕切りを行う役割がありました。

それ故の中立派でしたが、クーデターの際にオルファンス陛下から助力を求められたことで変化してしまったのでしょう。

「魔法省は良くも悪くも魔法の権威を重視しているわ。パレッティア王国の開祖を讃え、精霊を友とし、その御心と共に生きていく。伝統や文化を受け継ぎ、守っていこうとする。だからアニス様とは合わないのよ。アニス様は革新的で、魔法省は保守的だもの」

「なるほど……」

「ただ、魔法省は今回、大失態を犯しているわ。騒動の首謀者だったシャルトルーズ伯爵が処罰されて長官が不在になってる以上、大きく動けない筈よ。だから陛下は今の内にアニス様に地盤を固めさせようとしてるんでしょうけどね。後ろ盾にマゼンタ公爵がいるのもそういった勢力図の表れでもあるわ」

「……えっと、それじゃあマゼンタ公爵家以外の方で誰かいないんですか？」

「他の公爵家も前回のクーデターに与して取り潰しになったり、家は残っても当主は処刑されてたり、とてもじゃないけど王位を継承できる人が残ってないのよ」

「ダメじゃないですか！」

「そうよ。だから唯一、次の王になれる筈だったアルガルド様は本当に大事に育てられてた筈なんだけど……流石に陛下に同情するわ」

ティルティが肩を竦めて言いました。確かにアルガルド様は大事にされていたでしょう。私という婚約者をはじめとして、各有力貴族の子息が側近候補として控えていたり、かなり優遇されていたと思います。

「そんなに魔法の腕前って大事なんですか？　私にはわからないです。魔法の腕前が国王の政務にどう繋がるって言うんですか？　政治と直接関係ないじゃないですか？」

　レイニの言う通り、国の運営には魔法の腕前が関係するようなことは多くありません。

それ故に言葉に詰まって何も言えない私の代わりにティルティが答えました。

「だから魔法は呪いなのよ。昔は貴族が率先して民を守らなければいけなかった。領地の開拓が進んで生活も安定してきたけど、それでも有事の際には魔法の力は必要になるわ。備えることは大事。血を薄めない、魔法使いであることを求めるのはパレッティア王国にとっては別に間違ったことじゃない。それが力ある者の義務、それを率先して果たさなければならないのが王族よ」

「……だから王族には魔法の才能が求められるんですか？」

　レイニの呻くような問いかけに対して、ティルティは静かに頷きます。私も否定の言葉を口に出すことは出来ません。

　血を薄めないこと、それは転じて魔法使いであり続けなければならないということです。

魔物の危機に晒されやすいパレッティア王国を守るためには魔法の力が必要です。だから魔法が権威の象徴となっていくのも納得出来ます。

「ただ、今となってはそんなに高く志を持てる貴族がどれだけいるのかしら？」

「……それは」

「エリートと称される優秀な魔法使いの多くは魔法省に入る。そして政治に口を出しては過去の栄華に執着する。マゼンタ公爵が対抗していても、その下にいる貴族はクーデターの後始末で家の立て直しを迫られたり、中央から遠ざけられるように各領地の領主になったり、辺境の騎士団に配属させられる。だから派閥として政治への影響力は弱いのよ。この国はゆっくりと、でも確実に魔法省の威光に染められてるのよ」

忌々しい、と言わんばかりにティルティが強い口調で言います。オルファンス陛下が王となり、その手助けをした魔法省は立場と権力を増しました。

そして彼等はこの国を、己の思想で染め上げようとしていると、ティルティはそう言いたいのでしょうか。

「だからアニス様は劇物なのよ。良くも悪くも、アイツは国を変えすぎてしまうわ」

「魔道具があるからですか？」

「それもあるけど……一番の大きな問題は、アニス様が魔法を神聖視してない点よ」

ティルティの言葉に私も思わず頷いてしまいました。アニス様は精霊に対しての信仰心がとても薄いように思えるのです。例えば、精霊石を精霊の死骸だと言ってしまえるような持論を持っていたりします。

普通であれば祈りを捧げるべき尊い存在に対してアニス様は無礼だと言われても仕方ない認識を持っています。だからこそアニス様は魔学という思想を持ち、魔道具を作り上げるに至ったのでしょう。ですが、それは魔法省にとっては受け入れられません。

「アニス様が魔道具という存在を生み出したから魔法省と軋轢を生んでる訳じゃないのよ。アニス様が精霊を〝信じてない〟のが大問題なのよ」

「信じてないから、ですか？」

「精霊がいるのはわかってるし、ありがたいものだとは思ってるでしょうよ。けどアニス様にとって精霊は絶対のものじゃない。精霊からの授かり物と言われている精霊石だって実験のために平気で使い潰す。その姿勢が伝統や信仰を大事にしたい魔法省にどう見られるかぐらい想像つくでしょ？」

ティルティが目を細めながら言った言葉にレイニは重々しく頷きます。

アニス様と魔法省の間に広がる溝は大きく深いものです。アニス様だって精霊を蔑ろにしている訳ではないのですが、信仰の対象として見ているかと言われれば違います。

「もしもの話だけど、アニス様が誰からも歓迎されて女王になれたら、パレッティア王国は歴史でも例を見ない程に発展を遂げるでしょうね。でも、それこそが魔法省にとっては避けたい未来なんでしょう」

「……どうしてですか？」

「アニス様が台頭してしまうということは、それだけ魔道具の普及が広まるということでもあるわ。そしてアニス様の思想そのものもね。だけど、アニス様の思想は貴族の利権を食い潰しかねない」

「……利権ですか？」

「貴族は国を守るという責務があるからこそ貴族よ。魔物の相手をして、国を守り、政治を担って民を率いる。その貴族の権威を支えるのが魔法だった。だから貴族は魔法を使えることを誇りとする」

「でも、アニス様には魔道具があります。魔道具は貴族、平民を問わずに使える魔法というべきものです。もし、それが当たり前になったら何が起きると思いますか？　レイニ」

悩むように眉を寄せて黙るレイニ。それから何か思い当たったのか、恐る恐るといった様子で答えを口にしました。

「……平民が貴族の庇護を必要としなくなる……？」

レイニの口にした答えに私は正解だというように頷きました。これがアニス様と魔法省が啀み合う大きな理由なのでしょう。

魔法は貴族の特権であり利権です。だからこそ貴族には今の地位があります。

けれど、平民が自分たちで自分の身を守れるようになったらどうなるでしょうか？

ただでさえ貴族と平民の溝は広がり続けているのです。貴族に対して不満を持つ平民が魔道具を当たり前に手に出来るようになったらどうなるでしょうか？

それは間違いなく貴族にとって脅威となるでしょう。そして、アニス様は魔道具の性能を世間に知らしめてしまっています。

「もちろん今日明日、数年の内に平民が貴族と袂を分かつような話にはならないわ。でも平民が貴族に負けない力を得れば、横暴な態度を取っている貴族に反抗しようとする平民が出ないとは言えないわ。いえ、むしろ出ない方が変かもしれないわね」

「……そう、ですね」

レイニが静かに頷きました。その表情には苦い感情が込められています。

レイニもティルティの言葉を肯定してしまうような経験をしてきたのでしょうか。

私には平民の苦しみがわかりません。だから共感することは出来ないのでしょう。けれど、わからないまま放置することが恐ろしいということは十分身に染みたのです。

「……民は、変革を望んでいるんでしょうか？」

私の問いにティルティもレイニもすぐには答えてくれませんでした。ティルティは真顔で、レイニは言葉を選ぼうとして声が出ないといったような様子でした。

「民のことまではわからないわよ。私は貴族だし、引き籠もりよ。所詮は私のしている話だって聞いた話でしかないわ」

「では、レイニはどうですか？」

「……わかりません。私は孤児院で育ちましたから。私の知っている世界は狭くて、他の平民がどう思うかなんて口に出来ません。でも……」

「……でも？」

「孤児の数は増えているように思います。それこそ孤児になる事情は様々で、単純に親が貧しくて捨てるしかなかったり、貴族の家に子供が出来て認知されなかったりとか……」

「……孤児が増えているのですか？」

「はい。私が引き取られた後でも年々、増えていく一方だったと思います」

孤児が増えているということは、それだけ貧しい生活に身を置いている民が多いということです。本人たちが自力でどうにか出来ないのであれば、孤児院に子供を捨てていくしかないのでしょう。

陛下やお父様がそんな現実を知らないとは思えません。それでも貧困に喘（あえ）ぐ民に手を差し伸べられないのは、そこまで手が回らない状況なのでしょうか？

「平民の生活に一番詳しいのはアニス様でしょうね。冒険者なんてやってるし、城下町にも頻繁に降りてるし、王都の外にだって平気で飛び出してるわ。だから知っていてもおかしくないでしょう。民がどんな生活をして、貴族をどう思っているのかなんて」

「それは、確かにそうですね……」

「……もしもの話だけど、本当に平民が苦しんでいて、誰かが立ち上がらなきゃどうしようもないぐらい切羽詰まってたらアイツはもっと焦ってるわよ。幾ら貴族と平民の間に溝が出来てるからって、まだ致命的じゃないと思うわよ」

ティルティの言葉に思わず納得してしまいます。アニス様はお人好しです。自分が出来る範囲で民のために動くことが出来る人です。

アニス様が本当にどうしようもない状況を見ていたのだとしたら、もっと早く動いていたと思います。それこそアルガルド様と争うことになったのだとしても。

「アニス様はアルガルド王子がいなくなるまで徹底的に王位継承の可能性を拒んでいた。その方が良いと望んでいた。アルガルド王子との確執があったのも理由の一つでしょうけど、アイツはそうやっていつも他人にかける迷惑を計ってる。案外、どこまでなら許されるのかアイツは細かく見てるのよ」

「……でもアニス様が王様になっても、結局は精霊信仰派の貴族と争うことになっちゃうんじゃないですか？」

レイニの問いかけに私もティルティも再び口を閉ざしてしまいました。魔法を使えないアニス様が国王になるとして、魔法に代わるものがあるとすれば魔学であり魔道具です。それが一度でも民の手に渡れば、きっともっと多くの力を民は望むでしょう。

一度始まってしまえばその流れは止めることは出来ません。そうすれば利権を守ろうとする精霊信仰派の貴族たちと争うことは避けられないでしょう。下手すれば魔道具の普及が第二のクーデターを呼び起こしかねません。

そんな想像をティルティとレイニもしたのでしょう。嫌な沈黙が部屋に広がります。

「──たっだいまー！」

そこに脳天気な明るい声が聞こえてきました。扉を勢い良く開いて中に入ってきたのはアニス様でした。

私たちは突然入って来たアニス様に目を丸くしてしまいました。アニス様はただニコニコと笑っていたのですが、視線がティルティと合うと動きが止まりました。

「あ、あれ？　ティルティ、まだいたの……？　てっきりもう帰ったかなぁ、って思ってたんだけど……」

アニス様が苦笑しながらも、何故(なぜ)か誤魔化すように身を揺すっています。……何故なんでしょうか、その仕草に違和感のようなものを覚えてしまうのは。

疑問に思っているとティルティが足早にアニス様の方へと歩み寄っていきます。アニス様が後ろに下がろうとしましたが、ティルティの方が早く距離を詰めます。

ティルティはそのままアニス様の胸ぐらを掴み上げました。慌てて間に入ろうとしたのですが、ティルティの表情を見て動きを止めてしまいました。

「……アンタ、なんて顔してんのよ」

「あ、いや、その、さ、流石に避けてたのは悪いというか……」

「——そういう意味で言ってないってわかってるでしょ、アンタは！」

ティルティの表情は怒りに歪んでいました。同時に口惜しいと言わんばかりに奥歯を噛みしめ、胸ぐらを掴み上げたままアニス様を睨み付けています。

一方で、掴み上げられたままのアニス様は困ったように笑っているだけです。誤魔化すように笑い声を上げていますが、その声に力はありません。

そんな奇妙な二人の様子に私もすっかりと呑まれてしまっていました。二人を引き剥がしたのは、アニス様の後ろからついてきたイリアでした。

「ティルティ様、どうかそれ以上は……」

「……馬鹿、本当に馬鹿よ、アンタは！　アンタがそういう態度を取るなら私だってもう知らないわよ！」

「……うん、ごめんね？」

「刻印紋のこともあるし、診察はしてやるわ。でも、ここでアンタと顔を合わせたくもないから、今度から出向いて来なさい。どうせレイニの診察の日には外に出ているんでしょう？　そういうことをするなら好きにすればいいわ。でも私の所に来るんだったら、二度と貼り付けた笑顔を見せないで。虫酸が走る。次に見せたら張り飛ばすわよ！」

明らかにティルティの言っていることは滅茶苦茶です。診察はするけれども、顔は見たくないと言っています。それでもアニス様はそれが当然だというように頷くのです。

奇妙なやり取りなのに、何故か噛み合っているように見える二人に得体の知れない悪寒を覚えてしまいます。その冷たさに心臓が摑まれたような気さえしてきます。

（これは、一体なんなのでしょうか……？）

――わからない、だから……怖い。

そこまで思って、私は愕然としました。私は恐れていたのです。この二人のやり取りを見て、そこにどんな意味があるのかがわからないから。でも、この違和感を見逃すようなことはあってはならないと、直感が囁いているのです。

私が考えている間に、帰る！　と叫んでティルティは出て行ってしまいました。

あまりの素早さに誰もついていけず、イリアだけが見送るためにティルティを追いかけていきました。部屋に残されたのは私とレイニ、そしてアニス様となりました。

「……あー、失敗しちゃった。うーん、今度謝らないと……」

頭を掻きながら溜息を吐くアニス様。肩を落としているその姿は落ち込んでいるように見えます。……でも、その表情はやはり困ったような笑顔のままでした。

「アニス様」

「ごめんね、驚かせちゃって。多分、こうなるだろうって思ってたからティルティを避けてたんだけど、もう帰ったと思って油断しちゃった」

「それは良いのですが……」

「ティルティのことは気にしないであげて。いや、私のせいなんだけど、怒られても困るというかねぇ……」

……私の気のせいでしょうか？　気のせいだと思いたいのに、疑問が拭えません。

（アニス様、貴方は今、どこを見て、誰と喋っているのですか……？）

確かに目の前にいるのに、視線も合わないまま。たったそれだけのことなのに私の悪寒は止まりません。まるで私がアニス様の視界に入っていないような、そんな錯覚を感じて仕方ないのです。

どうしてそう思うのかがわからない。だから怖い。こんな恐怖なんて、私は知らないのです。だからアニス様の視線が私に向けられた時、何故か無性に安心してしまいました。

「あっ、そうだユフィ。今日で一段落つけられそうだから、ちょっと提案があったんだよね！」

「提案……ですか？」

「うん、ほら。アルカンシェルだよ！　修理頼んでたでしょ？」

アニス様とアルガルド様との戦いの際、割り込んだ時に盾代わりに使ったアルカンシェルは刀身が真っ二つに折られてしまったので、アニス様に修理を頼んでいました。

城下町に懇意にしている鍛冶師がいるとは聞いていましたが、今はその方に預けているそうです。

「うん、それでユフィを是非とも例の鍛冶師に紹介したくてね。良い機会かな、って」

「それは、つまりアニス様と一緒に城下町へと赴けと？」

「うん！　ちょっとしたお忍びでね！　気分転換も必要でしょ？」

「それは良いのですが……護衛はどうするのですか？」

お忍びといえどもアニス様は王族です。先程とは別種の嫌な予感を覚えつつも、私はアニス様に問いかけました。アニス様の返答は私の願いを裏切るような無慈悲なものでした。

「護衛なんていらないでしょ、お互いに護衛してれば問題ないって！　後、父上には伝えてあるから誰かしら後からついて来ると思うよ？　気にしなくていいって」

「……それで良いんですか？」

「今更でしょ？」

以前はアルガルド様がいたからこそ自由に出来ていたのであって、今のアニス様は唯一の王位継承者なのですよ⁉

そう思い、苦言を呈そうとするとアニス様が私の腕に抱きつくように絡んできました。そして私に上目遣いの視線を送ってきます。

「……ダメ？」

ダメです、という言葉を咄嗟に出そうとしたのですが、アニス様の懇願するような表情に口が重たくなってしまいました。

助けを求めるようにレイニへと視線を巡らせましたが、レイニは淡く苦笑を浮かべて首を左右に振っていました。まるで諦めてください、と言うように。

「ねぇ？　いいよね、ユフィ？」

甘えるような声で言ってくるアニス様に、私は降伏するしかなかったのでした。

2章　城下町のお忍び

二人だけでお忍びなど本当に良いのかと悩みましたが、結局アニス様の勢いに押されてしまいました。そして今、私はアニス様と一緒に城下町に出かけています。

私は普段身に纏って(まと)いる格好ではなく、平民たちが着るような質素な服に身を包んでいます。目立つ白銀色の髪は縛って纏め、帽子の中に隠しました。

隣にいるアニス様も髪を帽子の中に仕舞っています。それでもアニス様はやはり可愛ら(かわい)しい顔立ちをしていますし、質素な服を着ていても平民の娘にはとても見えません。これで本当にお忍びになるのでしょうか？

「こっちだよ、ユフィ」

「あ、はい。アニス様。………ではなく、その、アニス……」

お忍びなのだから様付けは禁止と言われましたが、私には難しいのです。慣れない呼び捨てを意識しなければならず、溜息を吐いているとアニス様がクスクスと笑い始めました。

「ふふ、早く慣れてよね？　ユフィ」

「……善処致します」

「本当は口調もちょっと柔らかくして欲しいんだけどね。でも、ユフィって素でも丁寧だし、それは流石に厳しいよね？」

楽しげに笑うアニス様に頬の熱が上がりそうになりながら私は下を向いてしまいます。

恥ずかしいのやら、困っているのやら。自分でも慣れないお忍びに浮ついてしまっているのでしょうか……。

「ユフィは城下町にはよく来る？」

「お父様についてならありますが……」

公爵令嬢という身分はどうしても民を萎縮させてしまうので、私は視察をあまり好みませんでした。それでも、まだアルガルド様の婚約者だった時は民の生活から多くのものを感じなければならない、と考えていたのが少し懐かしいです。

今の私の立場は宙に浮いています。魔学の研究助手として離宮にいますが、最近はアニス様も政務に関わりだして忙しいので研究そのものが止まっています。

かといって私に政治の話をアニス様は振ってきません。恐らくは気を遣って頂いているのだと思います。助手としてアニス様の下に身を寄せている私ですが、ゆっくりして良いと言われると何もすることがありません。

かつては次期王妃として相応しくあろうとしてきましたが、今はそのような重圧はなく、アニス様に守られているのだと実感してしまいます。それが心苦しくはあるのですが……。

「ここだよ、ユフィ」

アニス様が声をかけてくれたことで思考に気を取られていた意識が現実へと戻ってきました。どうやら目的地に着いたようでした。

辿り着いた場所は何の変哲もない町工房です。規模はこの城下町の工房の中では小さめと言えるでしょう。大量生産向けではなく、個人のお客様に向けての店と見ました。

一括りに工房といっても扱う商品や環境、工房の主によって対応は変わると、お父様が教えてくれました。

大きな工房ほど有力な商人がついていることもあり、商談のネタには鼻が利きます。

一方で工房の主が単独で開いているような小規模な店には職人気質の者が多く、仕事への拘りも強い傾向があります。

確かに魔学の発明品を手がけるならばこうした小規模の、腕の良い職人の工房を選ぶのは自然なことでしょう。

看板に書かれている店名は〝ガナ武具工房〟。その下の扉をアニス様はノックもなしに開いて中に入っていってしまいました。

「トマス！　入るよ！」

「ま、待ってください、アニスさ……アニス！」

慌てて追いかけて中に入れば、まさに絵に描いたような光景が私を出迎えてくれました。

その中には一人の好青年が立っていました。

ざっくり切りそろえた髪型の薄い茶髪、鋭く吊り上がった赤茶色の瞳。逞しく引き絞られた身体は騎士にも劣らないのではないかと思う程です。

敢えて欠点を挙げるとするなら、その顔に明るい表情が浮かんでいないことですか。彼がここの主で、アニス様にトマスと呼ばれた方なのでしょうか？

いきなり扉を開けて入って来たのにも拘わらず、彼は何も言いませんでした。ただ深く溜息を吐いて、眉間に皺を寄せて呆れたような表情を浮かべました。

「……アニス様か。随分と遅かったな」

「やぁ、トマス！　預けてたものは出来てる？」

「ふん。仕上がっているぞ、さっさと持って行け」

私は二人のやり取りに呆気に取られてしまいました。いくらお忍びとはいえ、彼もアニス様が王女だと知っている筈です。この態度を無礼と取るべきなのか、それとも気安い間柄と見るべきなのか判断に困ってしまいます。

そんな風に思い悩んでいると、トマスの視線が私にも向けられました。どこか訝しげな視線を送った後、彼はアニス様に向き直りました。

「誰だ、コイツは？」

「私の助手だよ。今度連れてくるって言ってたでしょ？」

「……あぁ、あれの使い手か。ここはお嬢様が来るような綺麗な所じゃねぇぞ」

今にも舌打ちをしそうな態度でトマスは呟きます。そういえば以前、アニス様が彼は貴族嫌いだと言っていたような、そんなお話を思い出しました。

ここは畏まった挨拶よりは、自然体で挨拶をした方が良いかもしれません。そう思い、私は一息吐いてからトマスへと向き直ります。

「初めまして、ユフィと申します。家名は問わずに頂けると助かります」

「知ってるよ。アンタのことは噂で持ちきりだからな、マゼンタ公爵令嬢殿。アニス様がアルガルド様から婚約者を分捕ったんだろ？」

「いやいや、分捕ってないよ⁉ 色々と事情があるって言ったでしょ？」

「ふん……貴族たちの争いなら他所で勝手にやってくれ。俺は関わりたくない」

明らかにげんなりとした表情でトマスは言います。比較的、男らしく整った顔立ちをしていますが、浮かべるのは険しい表情ばかりです。

「ほら、トマス。ユフィだって名乗ったんだからトマスも名乗りなよ」

「……トマス・ガナだ、いえ……です」

「畏まらなくても構いません。今日ここに来ているのはただのユフィですので。そのようにお願いします」

「……そうかい。そりゃ助かる」

敬う必要はないと伝えると少しだけ態度を柔らかくして頂けました。彼は畏まるのが苦手なのでしょう、悪い人ではなさそうですが。職人らしい気難しい方なのかもしれません。

「それで、トマス？　アルカンシェルは？」

アニス様に問いかけられたトマスは、手を拭うと奥へ行ってアルカンシェルを持って戻ってきました。

「実際に抜いて確かめてくれ」

「わかりました」

トマスから鞘(さや)に収められたままのアルカンシェルを受け取ります。柄(つか)に手を添えると、折れる前となんら変わらない感触が返ってきます。

手を離れていたとは思えないほどに自然な手触り。鞘から抜いて構えてみても違和感はありません。魔力を通しても問題はなさそうなので安堵の息を吐いてしまいました。

「素晴らしい出来です。以前と全く変わりありません」

　ここまで完璧に修復してもらえるとありがたいです。アルカンシェルがないとすっかり落ち着かなくなってしまいました。イリアが言っていた、魔道具の便利さを知ると前の生活には戻れないとは本当にそのとおりです。

　私がしみじみとアルカンシェルが戻って来た実感に浸っていると、トマスが少しだけ目を見開いて私を見ていることに気が付きました。

「……あの、何か？」

「いや。……ちゃんと使ってくれてるのが今のでわかってな。アニス様の勧めだから信じられるとは思っていたが、実際に目にするまでは半信半疑でな……」

　あぁ、なるほど。私は納得して頷いてしまいました。職人として拘りがありそうな彼のことです。それに加えて、貴族嫌いということもあって自分の作品がどう扱われているのか懸念していたのでしょう。

　アニス様がトマスに魔道具に関わる武具の製作を依頼している理由が少しわかったような気がしました。

「今はもうアルカンシェルがないと落ち着かない程です。素晴らしいものをありがとうございます、トマス」

「……そうか」

私の返答にトマスは小さく頷きました。満足げに見えたのは私の思い込みでしょうか。

今度は、トマスは何か考え込むように目を細めました。それから何を思ったのか、工房のものを適当に見て回っていたアニス様へと視線を向けます。

「アニス様、お小遣いをやるから屋台で適当に何か買って来てくれないか？」

「え、良いの⁉」

「ま、待ってください⁉」

思わずツッコんでしまいましたけれど、私は間違ってませんよね⁉　王族ですよ、お忍びで来ているとはいえ王族ですよ⁉　そんな子供みたいに扱って良い訳がありますか⁉　あと、アニス様も嬉しそうにしないでください！　お忍びとはいえ、王族が！　お小遣いを貰って喜ばないでください！

「話をしてみたいんだ」

「……ふーん？　流石に口説くには難易度高いと思うけど？」

困惑する私を他所に二人は何故か互いにはわかっているという口振りで会話し始めました。私は状況が掴めず、二人の顔を交互に見ることしか出来ません。

「そんな色気のある話じゃねぇよ。……行くのか？　行かないのか？」

「トマスは口下手だから心配なんだけどなぁ。まぁ、私が行った方がいいんでしょ？」

「あぁ。特に〝アニスフィア王女様〟には聞かせられないような話だからな」

トマスは何を言っているのでしょうか？　敢えて王女であることを強調した物言いに私は眉を寄せてしまいます。

アニス様に席を外させてまで私と話があると？　今日会ったばかりの彼が、私に何の話があるというのでしょう？　見当も付きません。

アニス様は暫く何かを考え込むような表情をしていましたが、小さく頷きました。

「わかったよ。じゃ、お使いに行ってくるね」

了承したのを聞いて、トマスはお金を取り出してアニス様に渡します。受け取ったアニス様はそのまま平然と出て行ってしまいました。

咄嗟に引き留めようとしましたが、先程のトマスの言葉が気になった私はそのままアニス様を見送りました。

「……すまねぇな。いきなり俺と二人だけにしちまって」

トマスが申し訳なさそうな表情で声をかけてきました。トマスは困ると頭を掻く癖があるようです。険しい表情ばかりではありますが、所作から感じ取れる感情が理解出来れば意外と感情豊かな人なのかもしれません。

「構いませんよ。……この工房は他に人は？」

「いねぇよ。自分が偏屈だという自覚はある。一人で、自分の満足のいく仕事をするのが性に合ってるからな。……それで立ち話もなんだ、来客用の椅子がある。アンタには不満かもしれねぇが……」

　トマスは椅子を持ってきてくれたので、素直に甘えることにしました。トマスも同じように椅子を持ってきて、私たちは対面に向き合うように座りました。

「……アニス様のことを変わってる人だと思うか？」

「それは……もう、常識という言葉があるのか疑う程には」

「そうか。でも、俺は善良な人だと思っている」

「はい、それは私もそう思います」

　そうでなければ私はここにいなかったでしょう。アニス様がいなければ今頃どうなっていたかわかりません。

　アルガルド様に婚約破棄を突きつけられ、私は自分の存在意義を見失ってしまいました。そのまま放置されれば心を壊していたかもしれませんし、その間に王国が別物に変わり果てていた可能性もあります。

　今の私があるのはアニス様が動いてくださったお陰です。……だからこそ私は無力感を感じてしまうのでしょう。

「……なぁ、ユフィ様。はっきり聞いて良いか？」

思考に沈みそうになった私を引き上げてくれたのは、トマスの問いかけでした。

トマスの表情は先程よりもずっと真剣で、何か覚悟を決めたようにも思えます。その瞳に真摯に向き合わなければ、という思いが湧き上がって背筋が伸びました。

「はい、何でしょうか？」

「……次の王様は、アニス様なのか？」

トマスの言葉に、少しだけ息を止めてしまいました。トマスが何故、そんなことを聞いてくるのかわかりません。ですが彼は信用出来る人だと思います。そんな思いから私は素直に口を開きました。

「現在、王位継承権を持っているのはアニス様です。アルガルド様が廃嫡にされたという話は既に流れているのですよね？」

「あぁ、だから確認したいんだ。次の王様はアニス様になるのかどうかを」

「はい。そうなるかと思います」

「……そうか」

私の返答にトマスは明らかに喜ばしくない、といった表情で溜息(ためいき)を吐(つ)きます。

そんなトマスの表情を見て、私は不安になってしまいました。

アニス様はやはり民から見ても王族として相応しいとは思われていないのでしょうか。だから次の国王が誰になるのか不安で聞きたかった。でもアニス様には聞かせたくなかったから席を外して欲しいと言ったのでしょうか？

……でも、それならば何故、私に問うのでしょうか？　ただ単純に答えられるのが私だったからなのでしょうか？

「ユフィ様、それは確定なのか？」

「……そんなにアニス様が国王になるのは不安なのですか？」

私がそう問いかけると、トマスは表情を崩しました。その表情を一体どのように表現すれば良いのか、私には適切な言葉が浮かびませんでした。

悔しさ、切なさ、不安。様々な感情が入り交じったような複雑な表情。この形容し難い表情は最近見たような気がします。そんな既視感が胸を過りました。

「ユフィ様が心配しているような不安はない。アニス様はいつだって俺たち、平民の生活を思ってくれているからな」

トマスの表情が一転して、優しいものに変わります。それもどこか誇らしげで、自慢しているように見えます。

「アニス様が王様に意見してくれたことで改善された物事だって少なくないんだ。あの人は俺たちの目線に立って、何が必要で、何をすべきなのか進言してくれた。本人は当たり前のことだって言うが、王族や貴族からしたらそうじゃないだろ？」

その言葉を句切りとして、トマスの表情が再び険しいものに戻りました。私に向けている視線も鋭さを増し、私は非難されているような心地になってしまいます。

「貴族なんて平民がどう生活してるのか興味ない奴の方が多い。だから俺たちが何に困ってるかなんて理解出来ない、問題が起きてることさえ理解しない」

「……それは、そうですね。貴族は貴族であり、平民は平民です。ですが、この隔たりを乗り越えなければいけないとも私は考えています」

「……そう言ってくれる人で良かった」

私の返答にトマスは表情を和らげてくれました。どうにか彼の悪感情を刺激しないようには振る舞えたようです。

「貴族は富と地位を得る代わりに責任を背負っている。この国を守るっていう大きな責任を。アニス様がそう言っていた。……だが、だからこそ俺は尚更貴族が嫌いだ。正確には貴族だからって特権を振りかざして、平民を虐げるような奴が嫌いだ」

過去に何かあったのか、憎悪すら滲んだ声色でトマスが告げます。その言葉に私は視線を落とすことしか出来ません。

　貴族には地位に見合った責任があるものです。責任を忘れて横暴に振る舞うなど貴族のあるべき姿ではありません。

　勿論、全ての貴族が横暴な訳ではありません。けど、それがトマスのような平民に伝わるかと言われれば難しい話です。横暴な貴族の被害を受けた人に言っても伝わる言葉ではないでしょう。

　だから貴族と平民という括りで分かれてしまう。本来は隔たる筈のものではないのに。

「貴族様たちも俺等のように生活しろ、って話じゃねぇ。俺も貴族がどういう生活をしているか知れば少しは納得も出来る。……色々と大変なんだろ？」

「楽とは……言えませんね」

　つい苦笑交じりに私は答えてしまいます。私がそんな表情を浮かべていたからなのでしょうか、トマスも少し同情するような視線を私に向けてきました。

「そりゃ俺だってそうだ。だからお互い責任を果たせばそれで良い。……いや、そういう話をしたいんじゃねぇな。そう、アニス様だ。あの人なら、そういう意味では凄く信頼できる。俺以外にもそう思う奴は多いと思う。アニス様が王様になるなら、ってな」

「……ですが、貴方は喜んでいないように私には見えます」

　私がそう指摘すると、トマスは鼻を鳴らすように深く息を吐きました。力を抜いた彼は淡い笑みを浮かべて、小さく首を左右に振ります。

「……気付くか。まぁ、そうだな。俺はあまり嬉しくないよ」

「それは、何故ですか？」

「あの人に王様は出来るだろうけど、王様に向いてはいないだろう」

　トマスの言葉に、私は少なくない衝撃を受けてしまいました。王様は出来る、けれど向いていない。その言葉が私の何かに引っかかり、警鐘を鳴らしているのです。

　ごくり、と唾を呑み込んでしまいます。一息、間を置いてから私はこの感覚が何なのかを確かめるためにトマスに問いかけました。

「アニス様は王様に向いてないですか。確かに破天荒な方ではありますが……」

「いや、そういう意味で向いていない、じゃなくてな……あの人、背負いすぎるだろ」

　私の言葉を遮るように言ったトマスの言葉が、まるで心臓を鷲づかみするような悪寒を呼び起こさせました。

　確かにアニス様の私やレイニ、アルガルド様への態度から、責任感があると感じ取ることが出来ます。トマスが言うように民に対しても真摯に向き合い、色んな考えを持っているのでしょう。

「でも、それは王として、上に立つ者として良き才能だと思いますが。背負いすぎるならば家臣である私たちが助ければ……」

「そうじゃねぇよ。アニス様は確かに王様にはなれる。向いてるってところもあるんだろうよ。でも、なれるけど、もっと別のことの方があの人には向いてるだろ？」

「──ッ、それは……」

トマスの指摘は否定出来ない事実です。私はアニス様に王様としての資質があると思っています。けれどアニス様が王位を望んでいる訳ではないことも知っています。

アニス様が本当に人生を捧げたいのは魔法の研究、つまりは魔学の研究だということも。ですが、それでも王位継承権を持ち、王家の血統を受け継ぐのはアニス様です。本人が望もうとも、望まずとも。それが……王族というものなのです。

そう思っていたのに、次に続いたトマスの言葉に私は打ちのめされてしまいました。

「──出来る資質があるのと、だからってやらされるのは話が別だろう」

まるで頭を鈍器で殴られたような衝撃が私に走りました。目眩がして、そのまま椅子から落ちてしまいそうになりながらも、私は拳を握りながら言葉を発します。

「……ですが責任があるのです。貴族には、王族には」

「だからってこの国には女王なんて前例もないだろ。それは本当にアニス様が背負わなきゃダメなのか？　王様になっても魔学の研究を続けられるなら良いが、そうでもないだろう？　本来だったらアンタの剣をもっと早くに取りに来ててもおかしくない筈だ」

トマスの指摘の通りです。アニス様は日々の忙しさに追われて魔学の研究に手をつけていません。今後、王になるための心構えや知識、政務に追われることを考えると、アニス様が研究をしている暇はあるのでしょうか？

そして、アニス様が魔学の研究を止めた場合、それを誰かが引き継ぐことは出来るのでしょうか？　既存の魔道具を世に広めることは叶うかもしれません。ですが新しい発想は生まれるのでしょうか？

そう考えれば魔学にとってアニス様は唯一無二の存在です。ですが、今となっては王族としてもアニス様は唯一無二なのです。

この大きな二つを両立させる方法を私には思いつけません。でも、もしそれを為そうとするならば途方もない労力がかかることでしょう。それだけはわかります。

「あの人が王様になったら……自由じゃなくなるんだろう。それはあの人の魅力を殺してしまいそうだ。自分が王様だって定めたら、もうあの人はここには来ない」

「それは……」

「あの人は破天荒で常識知らずみたいに振る舞ってるが、ちゃんと弁えてる。だから王様になったらもう二度とここには来ない。少なくとも〝ただのアニス様〟としてはな」

「……アニス様をよくご存じなのですね」

思わず口をついた言葉に、トマスは何とも言えない表情を浮かべました。照れくさそうな、それでいて嫌そうな顔です。そして、また彼の手が頭に伸びてしまいました。

「ちっちゃな頃から変わらないからな、あの人も。……あぁ、だからなのかもな。だから余計にアニス様が変わってしまいそうなのが不安なのかもしれない。ここに来るアニス様はいつだって輝いてた。魔法を使えない俺たちには共感することも多かった。俺たちは皆、アニス様に期待してたのさ。俺たちの話を聞いて、夢を語ってくれる人だってな」

「……きっと、それは王になっても変わらないですよ」

「本人はな。でも、周りが許さないんじゃないのか？」

周りが許さない。それを言われると何も否定出来ません。アニス様が王になれば、許されないことは増えていくでしょう。

私とて、きっとその楔の一つになります。王は王として振る舞い、民を導かなければならない。その責務があるのですから。

でも、そうすればアニス様は自由を失っていく。それもまた否定出来ません。そのために心を殺していき、王らしくなっていくアニス様を想像するのも容易いです。あの人はそれが出来てしまうから。アニス様が王になるという流れはどのような観点から見ても避けようがないのかもしれません。でも——。

「——王様になって、それでアニス様は幸せになれるのかよ？」


……トマスから問われた言葉に、私は遂に言葉をなくしてしまいました。

だって、気付いてしまったから。いいえ、きっと見ない振りをしたかったのです。

私はこの目で見ていたじゃないですか。なのに、それに気付いてしまえば自分の無力さを、叶わない夢を突きつけられて現実に打ちのめされてしまうから。

——王になれ、という言葉はアニス様から幸せを奪う呪いの言葉なんだという事実を。

何が支えよう、ですか。私にはただ支えるという形でしかアニス様を守れない。それしかないから、それを正しいと信じて思い込むことしか出来なかった。

——それは改めて強く、深く、私に刻まれたのです。


「……お、おい……」

トマスの戸惑ったような声で、自分が泣いていることに気付いてしまいました。自覚するのと同時に私の涙腺が決壊したように涙がこぼれ落ちていきました。

泣き声を上げたくなったのは一体いつ振りでしょうか。わからない、わからないけれど、この泣き声すらも吐き出したくなくて私は蹲るように自分の身を抱き締めました。

『──姉上を、頼む』

アルガルド様、私はやはり不出来な人間だったのです。

私は所詮、貴族の令嬢でしかありませんでした。天才と言われながらも、私には何かを変えるような力はなかったのです。

今なら痛いほどに貴方の気持ちがわかります。たとえ世界を壊してでも望みが叶うのならば、そんな望みを抱いてしまいそうになるほどに。

──それでも、私はユフィリア・マゼンタです。マゼンタ公爵家の娘で、公爵令嬢としてあらねばならないのです。

だから私はアニス様を王にしなければならない。この国を守るために。なんて酷い矛盾なんでしょう。

私はこんなにも型通りの生き方しか出来ない人間だったのだと突きつけられてしまう。それが悲しいのか、悔しいのか、怒りたいのかもわからず、ただ私は荒れ狂う感情を抑え付けながら呻くことしか出来ませんでした。

＊　＊　＊

その後、トマスとは微妙な空気になってしまったので会話になりませんでした。

落ち着いた後、アニス様に涙のあとを見せる訳にはいかないと顔を洗わせてもらって、念のため治癒魔法を自分にかけました。

目の腫れが引いたのを確認して、支度が終わる頃にはアニス様が戻ってきました。アニス様とトマスは軽い言葉を交わして、私たちはそのままガナ武具工房を後にしました。

そして今、私は歩きながらアニス様が買って来た馴染みのない食べ物を食べています。手づかみで食べるもので、これが食べ慣れてないので手間取ってしまいます。

薄いパンの生地に様々な具材を挟み込んだ料理で、間から具材が零れないように小さく齧り取ります。すると、そんな私がおかしいのかアニス様がクスクスと笑いました。

気恥ずかしさを感じつつも、慣れない食事を進めていきます。これが平民が食べる味なのだという感想を抱きました。

普段から食べているものに比べれば雑で大味で、それでも何故か妙に食欲をそそる味です。好きかと言われれば違うのでしょうが、あまりにも今まで食べたものと違うので新鮮という言葉が似合うのでしょう。

最後の一口を食べ終えて、町へと視線を向けます。耳を澄まさずとも聞こえて来る活気ある人々の声。城下町に出るのも久しぶりのことですが、以前は馬車での移動でした。自分の足で歩きながら町の風景を眺めることも初めてで、つい目を奪われます。

「それで、トマスに何か言われた？」

「ごほっ！　ごほっ……！」

そんな時でした。顔を覗き込むようにアニス様が私に問いかけて来て、私は肩を跳ねさせてしまいました。そのまま勢いで咽せそうになってしまい、何度か胸を叩きます。

慌てたようにアニス様が背中を摩ってくれて、遠くに飛んでいた意識が戻ってきました。

「だ、大丈夫？」

「……大丈夫です。それで、トマスに何か言われたかでしたよね。特に何もありませんでしたよ。ただの世間話をしただけです」

「それにしては心ここにあらずって感じだったから。ちょっと心配になっちゃった」

「それは……」

トマスと話したことで思いました。アニス様に王になれ、というのは呪いだと。

王族だから、と。そう言ってしまうことはとても簡単で。だからと言って他に王を肩代わり出来るものはいないのです。アニス様が相応しい方を婿に迎えるとなれば話は変わるのでしょうが。

……いいえ、きっとそれも本質的には同じなのでしょう。アニス様にかけられた呪いというのは〝自由の束縛〟です。

人には大なり小なり束縛があって然りですが、アニス様の才能に対して、王族という束縛はあまりにも重すぎます。背負わせたくないと思ってしまう程に。

だから、それを口にすることは出来ません。だって、それを一番理解しているのは他でもないアニス様なのでしょうから。そして私が口にしてしまえば気に病むでしょう。自分を心配して言わせてしまったのだと。

この人は、そういう人だから。だから、何も言えないのです。

「……トマスは、暫くアニス様が来られなかったことで心配していたそうですよ」

「ふーん。あと、様ついてる」

「……ご容赦くださいませ」

「だーめ」

楽しそうに笑うアニス様の顔をぼんやりと眺めてしまいます。最近は本当に忙しかったでしょうに。魔学の研究を進める時間もなくなりました。貴族たちと顔合わせする時間は増えています。

だから考えてしまうのです。この笑みは、本当の笑みなのでしょうか。裏では何か大きな不安を抱えているのではないか、辛い思いをされているのではないかと。

それが私にはわからない。アルガルド様の苦悩を理解することが出来なかったように。

（……もしかしたら、ティルティはそれに気付いて怒っていたのかもしれませんね）

先日のティルティの激怒した姿を思い出して、納得と同時に胸にちくりと痛みが走りました。それはどんどん深く刺さっていき、じくじくと傷口を広げていきます。

その痛みに眉を顰めそうになっていると、不満そうにアニス様が私の名前を呼びました。ついでに手も伸びてきて、私の頬に添えられます。

「ユフィ？」

「……も、申し訳ありません」

「口調が硬い」

「あ、あの、ほ、頬を摑むのは……むむ……！」

顔を両手で挟まれて揉みほぐされてしまいます。なんとかアニス様の手から逃れたものの、疲労感が襲いかかってきました。

「仕方ないよ。アルくんがいなくなったんだから私がどうにかするしかないんだからさ」

溜息を吐いていると、アニス様が身を凍り付かせるような言葉を口にしました。

思わず足を止めてアニス様の顔を凝視してしまいます。まさか気付かれてしまったのかと、そんな思いからアニス様を見ると困ったように微笑んでいました。

その表情はこの前ティルティに浮かべていた表情とそっくりで、先程過った想像に私は唇を強く噛みしめてしまいました。

アニス様は笑っています。でも、この笑顔が偽りなのだとしたら、アニス様は……！

「全部仕方ないんだって、昔から慣れてるよ。文句を言ったところで何も変わらない。それに次の王様が誰か決めておかないと大変でしょ？　国も、人も」

「……アニス様は、本当にそれで良いのですか？」

どうしても耐えられずに問いを口にしてしまいました。アニス様が何と答えるのか予想はついていたのに、アニス様にとって呪いを深めてしまうことだってわかっていたのに。

問われたアニス様の表情が崩れることはなく、ただゆったりと微笑んで言うのです。

「良くないけど、誰かがやらないといけないことだよ」

いつもの調子でそう言われては、私にはもう何も言えません。こんなにもうまく言葉が出てこなくて、何も伝えられないことが不甲斐ないと思ったのは初めてでした。

そもそも私はアニス様に何を言うべきなのか、その答えさえも自分の中になかったというのに。なのに、ただ徒にアニス様を縛り付ける言葉しか吐き出せない。

もどかしくて、苦しくて、悔しくて、情けなくて。私は唇を噛み切りそうな程に噛みしめてしまいます。そんな私の手を取って、アニス様は明るく言うのです。

「そんなことはどうでも良いから町巡りしよ？　これがお忍びの醍醐味なんだから！」

アニス様が私の手を引いて駆け出します。手を引かれて走ったことなどなくて、転ばないようにするのが精一杯でした。

この人はいつもこうです。破天荒で、何でも好き勝手やって、そして越えていってしまう。辛いことも、悲しいことも。そして進んだ先で解決してしまうのです。

手を繋いでいなければ置いていかれてしまいそうで。私は、アニス様の手をしっかりと握り締めました。置いていかないでと、そう願うように。

「……アニス様は」

名前を呼んで、何かを問いかけて。でも、私の言葉は形にならず吐息になって消えていきます。確かめなければならないことがあるのに、私はその確かめなければならないことを明確に自分の中で形にすることが出来ていなくて。

「――大丈夫だよ、ユフィ。私は、大丈夫だからさ」

私の呟き（つぶや）が聞こえたのか、大丈夫だと、アニス様はいつものように笑いました。

そう、いつもと変わらないのです。この人は、変わらないままそんな言葉を言うのです。

その仕草が私に違和感を覚えさせました。そして、このまま見過ごしてはいけないというのに、私は一体、何を見落としているのかわからなくて。

あぁ、誰か教えてください。こんなにも人に教えて欲しいと教えを請（こ）うのは初めてなのです。どうか、どうか私に教えて欲しいのです。私は、どうしたらいいのかを。

3章　母たちは子を想う

お忍びで城下町に行った数日後のことです。私はシルフィーヌ王妃の招待を受けて王城へと上がり、プライベートのお茶会に参加していました。

てっきりアニス様も呼ばれているのかと思っていましたが、姿がありません。なので王城の庭園で開かれたお茶会に参加しているのは私と王妃様、そして私のお付きとして付いて来たレイニの三名です。

私の後ろに控えているレイニは王妃様の前ということもあって、非常に緊張していました。そんなレイニを気にした様子もなく、王妃様は挨拶を口にしました。

「息災にしているかしら？　ユフィリア」

「はい。つつがなく日々を過ごしております」

私の返答に満足そうに頷く王妃様ですが、どこか疲れが見えます。それも当然のことでしょう。アルガルド様が起こしてしまった一件から王妃様は外交官の地位を退き、内政の引き締めに奔走していると聞いています。

現在、パレッティア王国の貴族たちは色めき立っています。次の国王になる筈のアルガルド様が廃嫡となり、アニス様が第一位王位継承権を持つことになったということで。

今までアニス様を冷遇していた者たちはアニス様への態度を決めかねていて、媚を売り始める者、静観している者など、動きは様々だとイリアが話していました。

やはりアニス様には王配を迎えるべきだという話も上がっているそうなのですが、アニス様は生涯結婚はしたくないと宣言していた身です。

今の時勢を考えれば、その宣言があっても貴族としては話題にせざるを得ないのでしょう。それも全ては今後の不安から来るものなのでしょうが、アニス様の心労を思えば苛立ちすら覚えそうになります。

「ユフィリア。アニスは……どうかしら？」

「……どう、とは？」

少しだけ言い淀んでから、王妃様から投げられたあいまいな問いかけ。私は返答に困り、意図を尋ねてしまいました。

普段は凛とした佇まいを崩さない王妃様ですが、疲労もあってか少し草臥れているように見えます。アニス様のことを問う声も力がなく、表情にも迷いが見え隠れしていました。

「あれから状況も大きく変わりましたが、アニスに何か変わったことはないかしら？」

「……そうですね。普段通りだとは思います。ですが、これからのことを思えば政治に意識を向ける必要があるのだと考えているのだと思います」

「そう。そのことについて不満はなさそうかしら？」

「……それは、私からは何とも」

王妃様はアニス様の心配をしているのか、それとも粗を探しているのか。どちらにせよ私に答えられることは少ないのです。私もアニス様が現状に不満を抱いているとは思っても、それがどこまでの不満なのかと問われると答えられないのですから。

最近のアニス様は以前よりも内面が分かりづらくなってしまったように感じてしまいます。だから私も曖昧なことしか答えられませんでした。

私の返答に王妃様は深い溜息を吐きました。疲れを隠せておらず、気落ちした様子にお身体を心配してしまいます。

「……そう。今日はアニスのことを聞きたかったのよ。レイニ、貴方も座りなさい」

「えっ⁉ で、ですが私は……」

私の後ろに控えて立っていたレイニは突然の着席の指示に惑乱したような声を上げました。そんなレイニに王妃様は苦笑にも似た表情を浮かべながら言います。

「茶会は口実です。娘の傍にいる者に話を聞きたかったのです。本当はクラーレット侯爵家のお嬢さんにも来て欲しかったのだけど、断られてしまったわ」

「テ、ティルティ様、王妃様のお茶会の参加を拒否したんですか⁉」

レイニが驚いたような声を上げましたが、私も内心同じ驚きに満ちていました。王妃様からのお茶会の招待を断るなどと、貴族令嬢としては本来考えられません。それもティルティならば、と納得してしまうのが頭の痛いところなのですが……。

「仕方ありません。……私は、彼女に嫌われているみたいですから」

「……むしろ、ティルティ様が好む人は指の数ぐらいだと思いますけど……」

「ふふ……それもそうね。レイニ、貴方も私が嫌いかしら？　貴方には怖がられても仕方ないと思っていますが」

「い、いえ！　そんなことはございません！」

「なら席について欲しいわ。今日は王妃としてではなく、アニスの母としてここにいるつもりなの。貴方もアニスの傍にいる者として私の話を聞いてくれないかしら？」

穏やかな声で告げる王妃様に、レイニはようやく折れたのか、恐れ多いという表情のまま用意されていた席に座りました。それを確認してから王妃様は会話を続けます。

「最近のアニスはよく頑張っているわ。今までが嘘のようにね。だけど、あまりの変わりように……正直、戸惑っているのよ」

「戸惑うのは、今までのアニス様を思えば頷けますが……」

「ええ、私はあの子が王位継承権を捨てたいと言ったその日から、あの子をただの娘とは思わないようにしました。それがあの子を伸ばすことに繋がると考えていました」

そこまで言ってから一息吐いて、王妃様は首を左右に振ります。その表情には苦悩の色が大きく表れていました。

「それが仇になったのでしょう。私には、あの子のことがわからないのです」

「……アニス様のことを誰が理解出来るのかというところもありますが」

「貴方たちにもそうなら、意図的なのかしら」

「……意図的、ですか？」

王妃様の呟きに、私は背筋に覚えのある悪寒が駆け巡りました。それは先日、トマスと話していた時に感じた悪寒とよく似ていました。

王妃様は額に手を当てて、溜息交じりに言葉を続けます。

「あの子自身、突飛な思考や性格をしているのはそうなのですが、あの子は自分の性質を理解した上で印象操作をしているように思えるのです。だから私にはどのアニスが本当のアニスなのかわからないのよ」

「王妃様……」

今まで見せたことがない程に気弱な様子で嘆くように王妃様は言いました。それは王妃としてではなく、私人としての顔なのでしょう。我が子のことに対する母親として王妃様は苦しんでいる、とはっきり伝わってきます。

「今回の一件、はっきり言えばあの子にとって不服の筈よ。王位を継ぎたくないと公言して憚らなかったのですから。だから、王族として相応に振る舞うあの子を見ているとわからなくなるのよ、何を考えているのか。それがどうしても不安で、貴方たちに話を聞いてみたかったのよ。オルファンスにも聞いてみたのだけどね……」

「……陛下は、何と？」

「……そっとしておけ、と。私が関わるべきではない、とも」

陛下はそのように言ったのですか。……何故、陛下は王妃様にそのように言ったのでしようか？　アニス様は決して王妃様を嫌っている訳ではないと思います。苦手にはしているようですけれども、心配されて嫌な気はしないでしょう。

……いえ、だからなのでしょうか？　アニス様が王妃様の気持ちを知ってしまえば気に病んでしまうから。

私は大丈夫だから、と。そんな風に笑って言うアニス様の姿が頭を過ってしまい、思わず唇を噛んでしまいます。

「……アニスは、最近どう？　貴方たちの前ではどんな風に過ごしているのかしら？」

「……最近はよく仕方ないと口にしています。現状に不満はあるのでしょう。けれどあの人はそれでも王になると思います。たとえ、心を凍てつかせても。必要ならば出来る人ですから。いえ、出来てしまう、と言うのが正しいのでしょうね」

　私が告げた返答に王妃様は長く、そして重く息を吐き出しました。苦悩で満ち溢れていた表情に無念の色も混じり出して、すっかり肩を落としてしまいました。

「……私は子供たちの育て方を失敗したのだと痛感させられるわ。アルガルドは鬱屈して危険な思想を抱くようになった。アニスはその聡明さ故に心を殺すことを身につけてしまった。……いえ、アニスのそれは王族として間違ってないわ。けれど、それはあの子が培ってきたものを壊してしまうのでしょうね」

　王に求められるのは公平さです。良き王であればある程、個の感情は不要とされます。民を導くために王はいるのですから。

　……わかってはいるのです、その事実はアニス様には重すぎることも。自由であったからこそ、夢があったからこそ、王族としての責務による束縛はあまりに重い。

「今更、あの子に何を言えば良いのかしら。私は王妃としてしかあの子に接せられないのよ。笑って頂戴」

「そんな、笑うなど！　それに、それは王妃様の思い込みでございます。アニス様はそのようには思っていません！」

私は思わず語気を荒らげて王妃様に食ってかかってしまいました。私が声を荒らげたことが意外だったのか、王妃様の目が丸くなりました。

その表情がアニス様と重なって、私は泣きたいような気持ちになります。王妃様は確かにアニス様の母親なのだと実感してしまったからこそ。

「ごめんなさい。……私も、流石に堪えているみたいね」

弱くなったわ、と。疲れ切った笑みを浮かべる王妃様に私は口を閉ざすことしか出来ません。私は、この方にも何も出来ないのだと、そんな無力感が苦く広がっていきます。

──そう思っていると、隣に座っていたレイニが席を立つのが見えました。

「王妃様、失礼ながらこの後のご予定は？」

「……？　この後は執務に戻る予定ですが」

「では、このお茶会の間だけでも少しお休みください。よければ、私の力をご覧に入れましょう」

「……貴方の？」

「まだ試行錯誤の途中ですが……私の力で王妃様の心をお慰め出来るかもしれません」

レイニは決意を秘めた目を王妃様に向けて告げました。ヴァンパイアであることを示す紅の瞳の奥に何やら怪しい光が揺らめいていました。

流石に王妃様も眉を寄せていました。レイニが持つヴァンパイアの力は使い方によっては国を傾けてしまいかねない程のもの。警戒を露わにして当然でしょう。

「……一体、何をするつもりなのかしら？」

「アニス様が教えてくれたんです。私の力は上手く使えば心の痛みを和らげるのにも使えるんじゃないかって」

「……では、貴方はヴァンパイアの魅了、いえ、精神干渉の力を私に使おうと言うの？」

「王妃様が私を信じてくれるなら、全力を尽くします。アニス様の友人として」

レイニの強い言葉に王妃様は少しだけ目を見開き、迷うように目を伏せてしまいました。

それからどれだけ黙っていたでしょうか、王妃様は目を開いてレイニに向けて頷きます。

「……良いでしょう。貴方の力は確かめておく必要があります。私の身で体感させて頂くことにしましょう」

意を決したのか、王妃様はレイニの瞳を真っ直ぐに見つめます。レイニは王妃様から視線を向けられると、一瞬だけ緊張したように顔を強張らせましたが、すぐに微笑を浮かべて王妃様の傍へと移動しました。

膝をつき、王妃様の手を取って見上げるように見つめながらレイニが口を開きます。

「王妃様、貴方の心を病ませるのはアニス様ですか？」

「そうね。あの子が心配なのよ」

「それは、あの方が何も本心を見せないからでしょうか」

レイニの問いかけに王妃様の表情が少し強張りましたが、迷いを振り切るように一度だけ首を左右に振ってから頷きました。

「……あの子が何を考えているのか、察することが出来ないのが怖い」

「はい。では、私の目を見てください。……それは王妃様の杞憂なのです。あの方は王妃様を敬愛しております。王族としての心得は王妃様より受け継いだものです。ただ、今までとは勝手が違うのでより一層、心を引き締めねばと思っているだけなのです」

「……そう、なのですか？」

レイニが語る声に合わせて王妃様の瞼がだんだんと下がり、目がとろんとしてきました。

大丈夫なのだろうか、と腰を浮かせた私に自分の口元に人差し指を当ててレイニが私を止めます。

私が動きを止めたのを確認してからレイニは優しい声で続けます。その光景は、まるで子守歌を歌っているかのように思えました。

「アニス様のことです。状況が落ち着いたら魔学を奨励する政策を提案したりしますよ。そうすればいつものアニス様です。目を閉じて、想像してみてください」

「……そう、ね。あの子なら言いそうね……」

レイニの言葉に従うように王妃様は目を閉じて、力を抜いたように微笑を浮かべました。

「どこまでやっていいのか、そんな相談を王妃様にするアニス様がいらっしゃいませんか？　満面の笑みで突拍子もないことを言い出すのです」

「ふふ……本当に目に浮かぶようだわ……」

「はい。では、今、王妃様はぼんやりしていると思いますが、疑問を抱かず、力を抜いてください。突拍子もないことを言い出したアニス様に王妃様はどのように答えますか？」

「まず……話を聞いて……あげて……貴方は何を考えているのかって尋ねて……」

ゆめうつつといった様子で王妃様はぽつぽつと言葉を紡いでいきます。そして、不意に身体を震わせました。

「アニス……私は、貴方まで……手が……届かない、のは……」

王妃様の閉じた目から涙が一滴こぼれ落ちました。そのまま椅子に身を預けて、静かに寝息を立ててしまいました。

それを見届けたレイニが大きく息を吐いて脱力します。その額には汗が浮いていました。

「……レイニ、何をしたのですか？」

「心の痛みを鈍らせたんです。あまり強く鈍らせると暗示が深入りしすぎますから、夢を見るように促しただけです」

眠っている王妃様を気遣い、姿勢を楽にさせるように調整しながらレイニは答えました。

「目が覚めれば暗示も覚めますが、少しでも幸せな夢を見て心も身体も休めて頂こうかと」

ヴァンパイアとしての特性である精神干渉。それを使って心の痛みを和らげたと。そして、その力を応用して夢を見せる、と。これがアニス様が言っていたヴァンパイアの力の有効活用だったのでしょうか？

「……いつからこんなことが出来るように？」

「休日、イリア様に付き合ってもらいました。……本当はアニス様の心を少しでも慰めたかったんですけど、ダメでした」

「……試したのですか？」

「ドラゴンの刻印紋が勝手に暗示を弾いてしまうのか、かかってくれないんです」

「そうだったんですね。……しかし、レイニに比べて私は本当に何も出来ていませんね」

私が知らない間にレイニも何かしようと模索していたという事実に、私は拳を握り締めてしまいました。するとレイニが訝しげに首を傾げました。

「ええ？　……確かにアニス様はユフィリア様には過保護なところがありますからね」

「……レイニもそう思いますか？」

「アニス様、身内に甘いじゃないですか？　その中でもユフィリア様には特に気を遣っているると思いますよ」

「それは……そうですね。アルガルド様との一件もありましたし」

「アニス様、政治関係のことをユフィリア様に話すのは避けてますからね。私は話題に入っていける知識がないですし。だからアニス様に意見出来るとしたらユフィリア様だと思いますよ？」

「……私が？」

「アニス様が一番心を許してるのは多分、ユフィリア様です。陛下や王妃様には親愛の情はあっても、どこか一線引いている節がありますし……」

「ですが、付き合いが長いのはイリアでしょう？」

私はあまり納得が出来なかったのでイリアの名前を挙げました。するとレイニは左右に首を振って否定しました。

「逆に長い付き合いだからこそ止められないってイリア様は言ってました。それにアニス様は言っても止まるような性格じゃないですし」

　レイニは思っていた以上にイリアと親しくなっていたようでした。確かにイリアが意見をするとしても、アニス様の意に反するようなことを言うとは思えません。

「……それで、どうして私なのでしょう？」

「あくまで私の意見ですけど、対等だからだと思います」

「対等？　私とアニス様がですか？」

「私は立場が下すぎますし、イリア様も長くお仕えしたことで主従関係で固まってしまってます。陛下と王妃様には一線引いてますし。だからアニス様って自分と対等に思える相手が少ないと思うんですよ」

「……そういうものなのですか？」

「私、人の顔色を気にして生きてきたので。自分で言うのもなんですけど、そういうのは見分けられるんです。もしかしたらヴァンパイアの特性かもしれないんですけど」

　少しだけ困ったような笑みを浮かべてから、レイニは言葉を続けました。

「アニス様は身内に甘い分、懐(ふところ)にはなかなか人を入れさせません。そしてアニス様が懐に入れるのは、アニス様が庇護(ひご)しなければならなかったりする人だと思います」

「……言われてみれば、確かにそうですね」

私たちは、アニス様に庇護してもらわなければどうなっていたかわかりません。

そんな私たちでも受け入れてくれたアニス様は優しく、そして甘いのでしょう。そんな自分のことをわかっているからこそ、他人に踏み込ませようとしません。

「その中でも、アニス様と一番対等に近いのはユフィリア様だと私は思ってます」

「……私は、アニス様に助けられてばかりです。対等だなんてとても言えません」

「それは多分、ずっとユフィリア様がアニス様を助けてきたからですよ？」

「私が、アニス様を助けてきた……？」

「実態はどうあれ、アニス様が王族であることを気にかけず好き勝手やれてたのはユフィリア様のお陰だと思うんですよ。ユフィリア様がアルガルド様を支えてるから何も心配してなかったって言ってました。だからきっと、アニス様は自分のせいでユフィリア様に苦労をかけさせてしまったから楽をさせてあげたい、って思っているんだと思います」

「それは……理解は出来ますが、でも、私は……！」

理解は出来ます、でも納得は出来ません。私はアルガルド様をお支えするどころか、その苦しみに寄りそうことが出来ず、取り返しのつかないことを招いてしまいました。

それは私の責任であって、アニス様が背負う責任ではないのに。そんな思いから手を強く握り締めていると、レイニが私の手を取りました。私を見つめる表情は少しだけ怒っているようにも見えました。

「自分ばかり悪いと思わないでください。……私だって居たたまれなくなります」

「……ぁ。……申し訳ありません、レイニ」

「アニス様にもどうしようもなかったと思いなさいって言われてます。結果がどうなっても、それまで努力したことが消える訳じゃないんだから、って」

私の手を優しく撫でながら、レイニが表情を和らげて言葉を続けます。

「ユフィリア様が次期王妃としてしっかりやっていたからこそ、今のアニス様がいるんだと思います。だから今度は自分が助ける番だと思ってるんじゃないですか？」

今まで自分が好き勝手やってきたせいで私が苦しんだから？　私が務めてきたことを認めてるからこそ、今度は自分が責任を果たそうとしている？

それなら、今度は私が自由にすべきなんでしょうか？　でも、私にはしたい自由がわかりません。今だって何をすればいいのか、私にはわからないのです。

だって私はアニス様のようにはなれない。そんな私は何をすればあの人と対等だと言えるのでしょうか？

庇護されているばかりの私が何を伝えれば良いのか。そもそも何を伝えたいと思っているのか。私にはわからないままなのに。

その後、ゆっくり休んだ王妃様が目を覚まされお茶会はお開きになりました。

王妃様を起こした後、別れる間際に王妃様がまた貴方の力をお願いしても良いかとレイニに問いかけていて、レイニが狼狽えているのが印象的でした。

その姿を見たからこそ思います。私は探さなければいけないのでしょう。私が今、何をすべきなのか。自分が納得出来るだけの何かを。

魔法の才能だけでは足りないのです。培ってきた教育による知識だけでも、まだ足りない。私の存在理由だと胸を張って言える何かが、私には欠けてしまっているのです。

──それが見つからなければ……私はどこにも進めない。

＊＊＊

「──ユフィ、上の空になっているわよ」

「え……？　あ……申し訳ありません、お母様」

過去の追想に意識が取られていて、対面の席に座るお母様の指摘で意識を戻しました。

今日は休日、私が実家に帰宅している日です。お母様が誘ってくれたのでお茶をしていたのですが、注意が散漫になっていたようです。

「お茶をしている時にユフィがぼんやりしているのは初めてかしらね。私一人では貴方の相手には不足かしら？」

「……申し訳ありません」

「別に責めている訳ではないわよ。貴方がまだアルガルド王子の婚約者で、次期王妃という立場にあったなら叱っていたところでしたが」

クスクスと笑うお母様の言葉に、私は肩に重しを載せられたような心地になります。

するとと不意にお母様は姿勢を正して私に向き直りました。その表情は引き締められていて、私も自然と背筋が伸びてしまいます。

「悩みがあるなら相談してくれてもいいのよ？　貴方は今まで母を頼るようなことはありませんでしたからね」

「……お母様」

「器用に見えて不器用なのはグランツにそっくりよ、ユフィ。何か悩みがあるの？」

私はお母様に優しく問いかけられて、そっと膝の上に置いた手を握り締めました。促されるように、私は自分の思いを言葉にします。

「自分の至らなさや無力であることを突きつけられて、不甲斐ないのです。このままではいけないと思っているのに、私にはどうしたらいいのかわからなくて……」

「成る程……ユフィ、貴方は私の自慢の娘、手がかからない出来た娘。……そんな貴方が初めて壁にぶつかったのね。でも、それが本当に貴方の悩み？」

「……え？」

「これでも親よ。貴方が自分が出来ないことを悩むのは、それに関わる誰かがいるからだと思っていたのだけど……違うかしら？」

お母様の指摘に私の心臓は図星を突かれたように跳ねました。お母様は私の様子を気にせず話を続けます。

「アルガルド様の婚約者だった頃、貴方は求められたことが何でも出来た。才能もあったし、貴方に求められていることは貴方の気質にも合っていたのでしょう。だから躓いたことなんてなかったものね」

確かに求められたことをこなすのに苦痛を感じたことはありません。苦しくなかったとは言いませんが、悩んだり、逃げ出したいと思うようなことはありませんでした。

「貴方は変わったわ、ユフィ」

「……そうなのでしょうか？」

「アルガルド様に婚約破棄を突きつけられて、アニスフィア王女の所に身を置くようになった貴方は今までで一番生き生きとしているように見えたわ。それはアニスフィア王女だからこそ叶ったことなのでしょう。常識に囚われず、それを塗り替えていくような破天荒な方ですもの。ユフィが悩んでいるのも、アニスフィア王女のことじゃないのかしら？」

「……はい」

「偶には親を頼ってくれてもいいのよ？　貴方が何に悩んで、苦しんでいるのか。誰かに話すことで気が楽になることもあるわ」

お母様の優しい言葉に、私の胸が摑まれたように縮みました。息が詰まってしまい、表情が少し歪んだのが自分でもわかります。

本当にこの思いを口にしていいのか、迷いが生まれます。葛藤する私を見つめるお母様の目はとても優しく、私の言葉を待ってくれているようでした。

その眼差しに私の葛藤は、この思いを吐き出してしまいたいという弱音へと変わっていきました。

「私は、アニス様をお助けしたいのです。あの人が苦しむ姿も、悲しむ顔も見たくなくて……なのに、私に出来ることが見つからなくて苦しいのです」

「貴方に出来ることは山ほどあるわ。それに気付けない貴方じゃない。だから貴方の悩みの本質はそこにないのよ、ユフィ。貴方の本当の望みはなに？　それが叶わないから貴方はそんなにも苦しんでいるんじゃないのかしら？」

望みが叶わないからこそ私は苦しんでいる。では、私の叶わない望みとは？　その問いで浮かび上がってきた望みは、決して口にしてはいけないものだと気付いてしまいます。

だから咄嗟に手で口を塞ぎます。そんな私に、いつの間にか距離を詰めていたお母様が手を伸ばしてきました。

「ユフィ」

「……お母様」

お母様の手がゆっくりと私の頭を撫でます。まるで頑なに閉ざした言葉を吐き出させようとするかのように。優しい手の温もりに、不意に涙腺が緩んでしまいました。

それがキッカケとなって私は血を吐くような思いで本音を口にしてしまいました。

「お母様……私は――アニス様に、王になって欲しくないのです……」

王家を支える貴族の娘として、アルガルド様の元婚約者として口にする資格なんてない願い。でも、それが私の本心でした。

どんなにお支えしようと思っても、それを誰よりも望んでいないのがアニス様だと私は知っています。王になるという重責を呑み込むためにアニス様がどれだけ苦しんでいるのかも見てしまったから。

だけど、あの人にそんな重責を背負わせてしまった一因は私にあるのです。私がアルガルド様を支えることが出来なかったことが今の事態を招いてしまった。そう思えば、ただ不甲斐なくて、悔しくて、涙が浮かびそうになります。

レイニは私とアニス様は対等だと言いました。けれど、私は対等だなんてとても思えません。

——だって、私は間違えてしまった。果たすべき役割をこなせなかった。

そんな私が今更アニス様に王になって欲しくないと、どの口が言えるのかと思います。それでも私を救ってくれたアニス様が苦しんで、望まない変化を受け入れなければならないのが嫌なのです。

いつの間にか流れていた涙は頬を伝って落ちていきます。涙に気付いてしまえば嗚咽も零れそうになってしまいます。そんな私をお母様が抱き締めてくれます。幼子にそうするように、優しい手付きで私の頭を撫でてくれます。

「貴方の願いは貴族の令嬢としては正しくない思いでしょう。でも、それがユフィの願いなのね。アニスフィア王女に王になって欲しくない、と。でも、その願いは叶えられることはない。そんな願いを持つ資格はないと、そう思っているから苦しかったのね？」

「……お母様」

「貴方の苦しみは、貴方だけじゃなくて私たちにも責任があるわ」

私の頭を抱えるようにしながら母上が私にそう言ってくれます。その声はすんなりと耳を通って心に響くようでした。

「アニスフィア王女の影響は良くも悪くも大きすぎたのよ。オルファンス陛下やシルフィーヌ王妃でも持て余してしまうほどに。なら、どうすれば良かったのか？　問うことは出来ても、もう覆すことは出来ない。やり直すことも出来ないわ」

「わかっています……だから私が、こんな願いを持つことも、許されないと……！」

もう声の震えも隠せずに私は呟きました。するとお母様は私を抱き締めるのを止めて、私の両肩に手を置いて向き合うように姿勢を変えました。

「……ユフィ、貴方は王家に望まれるほどの才女よ。私たちの自慢の娘。だから、もしも貴方が本当に進むと覚悟を決めたなら、どんな道であっても母は応援します」

「……お母様？」

「グランツはマゼンタ公爵家の当主として正しく生きているわ。けれど、正しくあることが必ずしも良いとは言えない。完璧であることと周囲の妬みは切り離せないものよ。それでも、あの人は貴方に正しくあれと望むわ。それが貴方の父という人なの」

お母様の言うお父様は正にそんな人なのでしょう。この国の貴族の筆頭である公爵として、誇り高くあるために厳格であることを自分に求める人。

　その娘として正しくあろうと努力してきました。その生き方をなぞるように。それこそが自分の歩む道だと思って。けれど私はもう、その道を進めません。

　ただ正しくあればアニス様は救われるのでしょうか？　ずっと正しさによって虐げられていたあの人を救うのに、こんな正しさが一体何の役に立つというのでしょう。

　そんな思いに駆られていた私にお母様は優しく、それでいて突き放すように言いました。

「探してみなさい。本当に貴方が進みたいと思う道を。時間があるわけではないわ。それまで全力で足掻いて、考えて、それで道を決めなさい。誰かに定められる前に貴方自身の意思で。それが貴族としてあらざるべき願いだとしても、それがどうしても譲れないなら貫いてみせなさい。アニスフィア王女の即位を貴方は望まないのでしょう？」

「……望んでも、良いのでしょうか？」

　恐る恐る問いかけた私に、お母様は表情を緩めてから言いました。

「良くはないわよ。でも、貴方が本当にそうと決めたなら阻める人はほんの一握りなのよ。貴方にはそれだけの力があるわ。だって、あの人と私の娘だもの」

　お母様は私と額を合わせながら微笑を浮かべました。その額の熱を感じながら私は思いを巡らせます。

アニス様に王になって欲しくない。そんなの今更の願いです。

願ってはいけない願いだと、貴族令嬢として育った私が強く否定しています。それでも脳裏からアニス様の笑顔が消えてくれないのです。

アルガルド様に訳も分からず婚約破棄を突きつけられた時に、迷わずに手を差し出してくれた。

離宮に来てから、私が困るほどに距離を詰めて触れ合おうとしてくれた。その遠慮のない明るさにいつの間にか心が救われていました。

魔法や夢について語る時、心の底から楽しそうにしているあの人の横顔は本当に幸せそうでした。

時間にすると短いけれど、私にとってもう欠かせないものとなって、この心を動かしていくのです。

私は、何の陰りもなく笑うあの人の笑顔を守りたい。それが本当に叶えられる道があるのだとしたら、私は……──。

４章　示される選択肢

緊張に震える手を私は握り直します。私が立っているのはお父様の執務室の前。

休日だというのに城へと上がり、夕食の後も執務室に籠もっているお父様にお声をかけるのは気が引けます。

それでも、このままでは私はどこにも進むことが出来ない。新たな道を探すにしても、まずこの人を説き伏せられなければ私が望みを抱くことすらも許されないでしょう。

意を決して、呼吸を整えてから執務室の扉をノックしました。

「入れ」

中から聞こえてきたお父様の声に唾を飲み込みながらも、私は扉を開きました。

執務机に向かっていたお父様は私の姿を見ると少しだけ眉を上げましたが、ペンを置いて私を見つめ直しました。

「執務室に訪ねてくるとは珍しいな、ユフィ」

「夜分に申し訳ありません、お父様。少々、お時間を頂けないでしょうか？」

拳を握る手に力を込めながら私は問いかけました。震えそうになる身体を必死に堪えていると、お父様が私から視線を逸らして席を立ちました。

「座りなさい」

お父様が指し示したのは来客用のソファー。私とお父様は間にテーブルを挟むようにして対面の位置に座りました。

「何の用件だ？」

お父様が淡々と問いかけてきます。その目は私を睨むように見つめていますが、これがお父様にとって普段通りだというのは知っています。それでも、これから話す内容を思えば恐怖が湧き上がりそうになります。

「……お父様にご相談があります」

「ほう。お前が私に、か」

「お父様。……次の国王は、どうしてもアニス様でなければいけないのですか？」

私の問いかけにお父様の纏う空気が変わりました。一気に部屋の中の空気がピンと張り詰めて、私は息苦しさに横になって倒れてしまいそうになりました。

圧迫感に耐えながら私は真っ直ぐお父様へと視線を注ぎます。暫くお父様は私と視線を合わせていましたが、不意に目を閉じることで視線を逸らしました。

「何故(なぜ)、そんな質問をする？」

「……私は、アニス様に国王になって欲しくないと望んでいるのです」

次のお父様の言葉は、なんだろうと考えます。叱責でしょうか、それとも失望でしょうか。どんな反応が来ても受け止めてみせると、そんな思いから私は背筋を伸ばします。

お父様に表情の変化は見られません。どれだけ見つめ合っていたのか、胃が痛くなりそうな沈黙を破ったのはお父様の溜息(ためいき)でした。

「……今更な質問ではあるが、アニスフィア王女以外に王になれる血筋がいないというのが問題だ。アニスフィア王女以外に王家の血を受け継ぐ者を、と思っても条件が厳しいのだ。つまるところ現状、アニスフィア王女以外の適任者がいない。それはお前にもわかっていることだな？　ユフィリア」

「……はい」

「その上でだ。はっきり言えば条件に合う人物がいるのであればそちらを推すべきであるのも事実だ。今まではそれがアルガルド王子だった。だが、そのアルガルド王子はいなくなった。ならば次の国王となるべき人はアニスフィア王女だと私は考えている」

お父様の答えに私は歯噛(はが)みをしてしまいます。わかっていたこととはいえ、淡々と事実を突きつけられれば胸の端が締め付けられるように痛みます。

「今更、アニスフィア王女に国王になって欲しくないと言ったところで彼女以外に誰が国王になるというのだ？　王国は王があって成り立つ。王がいなければ王国は国という形を失う。そうなった時、貴族も平民も拠り所を失うのにも等しい。それは避けなければならない。国を保ち、民を守る。それが我等、貴族の役目だ」

お父様の言っていることは尤もです。王国とは王が国を治めるからこそ成り立っている。だからこそ次代の王は必要なのです。パレッティア王国を守るために。

　その重圧と責任を背負わなければならないのが王族だというのもわかっています。それでも脳裏にアニス様の全てを覆い隠してしまうような笑顔が浮かんでしまうのです。

「アニス様では国を割りかねません。あの人には王族に求められる才がありません」

「だからこそ、でもある」

「だからこそ……ですか？」

「お前とて理解しているだろう？　この国は長い時間をかけて歪みが大きくなってしまっている。その歪みを正そうとすれば反発があって当然だ」

「……精霊信仰による貴族と平民の断絶ですか」

「魔法を扱えることによる貴族の特権意識。パレッティア王国が国として成り立つために精霊の加護はなくてはならない。しかし、度が過ぎれば先王の悲劇を繰り返すだけだ」

「……先王時代のクーデターのことですね？」

「そうだ。あれもまた国を割りかけた事件とも言えよう。だからこそ陛下は和を以て国を治めようとした。その結果、更なる歪みを蓄積しただけだと言われれば否定は出来ない。しかし、今日まで民が健やかに過ごせていたのもまた事実だ。国を割ってでも歪みを打ち消す方策もあっただろう。だが、陛下はその道を選ばなかった」

オルファンス陛下は国を割るという未来を遠ざけることを選んだのでしょう。けれど、それでは根本的な解決には至らなかった。それが今日に繋がっている。

行き過ぎた精霊信仰と貴族としての特権意識によってアニス様は苦しめられ、アルガルド様もまた道を誤ってしまった。

「それも仕方ないと言えば仕方ない。陛下……オルファンスに和を為す力はあっても動乱を乗り越える力はなかった。だからこそアニスフィア王女がこの国には必要なのだ」

「……それはアニス様が異端だからですか？」

「異端か。確かに異端ではあるな。だが、その異端が何を為したと言うのだ？　アニスフィア王女を敵視しているのは貴族だけだ。国民はアニスフィア王女を受け入れるだろう。アニスフィア王女にはオルファンスにはない革新の力がある。私たちの世代では叶わなかった未来へと導くだけの力が彼女にはあるのだ」

「……お父様は随分とアニス様を評価しているのですね」

「私が恐れを覚えた者は数少ない。アニスフィア王女はその数少ない内の一人だ」

……お父様がアニス様を恐れていた？　思わぬ評価を聞いた私は目を見開いてお父様の顔をまじまじと見つめてしまいました。

この恐れ知らずのようなお父様にも恐れる者がいるのだということと、その一人がアニス様であったということへの二重の驚き。

「お前もわかっていると思うが、アニスフィア王女は劇薬だ。必要がなければ表舞台に立たない方が良いだろう。アニスフィア王女は時代を加速させすぎる」

「……時代を」

「魔学は精霊信仰と魔法の権威で成り立ってきた我が国の伝統とは水と油だ。だが、私はそれによる変化こそが国に必要だと思っている。それが私が彼女を推す理由だ」

お父様は手を組み合わせながら背もたれに寄りかかり、私に視線を注いでいます。そこに揺らがない意志が込められているのがよくわかりました。

「だが、アニスフィア王女には王となる意志がなかった。それはアルガルド王子がいたからだろう。王女は幼少の頃からどこか聡かったからな。故に残念には思っていた。だからこそ王家にユフィを婚約者として求められた時、私は好機だと思ったのだ」

「好機？」

「アルガルド王子が国王に、お前が王妃になった後、改めてお前たちに現状を知ってもらい、アニスフィア王女の魔学を施政に取り入れていく。私はその後ろ盾となるつもりだったからな。その上で、王子に期待していたのはオルファンスのように和を為す力だった。だが教育の、特に学院の指針は魔法省に抑えられていた。それが仇になってしまった」

淡々と言葉にしながらも、お父様はそっと目を伏せました。その仕草からお父様の疲れを読み取ってしまい、驚きました。隙を見せないお父様が疲労を悟らせる様子を見せたことはそれだけ驚きに値します。

「ままならないものだ。アニスフィア王女が王として立つような気概を見せてくれればと思うこともあった。しかしアニスフィア王女が王になるには、あの方は優しすぎる。それは長所であり、短所にもなり得る。特に王として立つならな」

「お父様……」

「だが、代わりがいないならば時代の針を進めるしかあるまい。それが国を割るかもしれなくてもな。このままではゆっくり腐り落ちるように滅びを待つだけだ。キッカケがこの国には必要なのだ、ユフィよ。そのためにアニスフィア王女には王族としての務めを果たしてもらわなければならない」

お父様は目を開いて、私へと向けます。そこには揺るがない意志が込められていました。

「アニスフィア王女に国王の座に就いてもらう。それが貴族の筆頭として果たさなければならない私の責務だと考えている。私の考えを聞いても尚、アニスフィア王女が即位する以外の道を探すか？」

「……私は」

お父様は私に問いかけてからずっと私の目を見つめています。その視線に一度目を背けてしまった私ですが、それでも奥歯を噛み締めて、お父様と向き合います。

「それでも、何か手段があるなら。それがどんな僅かな可能性でも……私は諦めずにはいられません」

「何故だ？」

「──私にとって絶対に譲りたくないものだからです」

この願いはマゼンタ公爵令嬢としてではなく、ユフィリア・マゼンタ個人として願うことだから。だから最後まで私は諦められないのです。

初めてこんなに強く叶えたいと、諦めたくないと心が叫んでいます。

この叫びを私はもう無視することが出来ません。貴族の娘として正しくなくても、誰かに否定されたとしても。

「アニス様が王になれば多くの人が救われ、同時に多くの人から悪意を向けられることでしょう。その先に待つのが繁栄なのか、衰退なのかもわかりません。でも、はっきりしていることがあります」

「それは何だ？」

「そこに、アニス様の本当の笑顔はないのです」

　お父様からもう目を背けない。この人は貴族の務めとしてアニス様を王にすると宣言しました。だから私がそれに逆らうような態度を取れば諫められるでしょう。

　もしかしたら身動きが取れない状況に追い込まれるかもしれません。でも、お父様を説得出来ずに何かを変えられるなんて思えませんでした。

「アニスフィア王女の笑顔、か。それが……国の未来よりも重いと言うのか？」

「私は！　国のためだから仕方ないなどと言いたくないのです！」

　声を張りあげ、お父様の目を睨み返すように見つめながら私は胸に手を当てます。

「国の未来は重い。一人の笑顔に代えられるものではないこともわかっています。それでも私は仕方ないなんて言えない！　言えないから諦めたくないのです！　本当にアニス様が王になるしか道がないと、自分が諦めるまではこの意志を曲げることは出来ないのです！　それが貴族として……お父様の娘として失格だとしても！」

今まで積み上げてきた全てを打ち捨てたとしても構わない。立場も、家族も、あらゆるものを失っても構わないと思うほどに強く、この願いは息づいているのです。

最早、私自身ですら止められないほどにこの思いは大きく育っていました。誰に求められた訳でもなく、私自身が望む願いだからこそ抑えられません。

「……全てを失っても、か」

お父様は私の言葉を聞いて、そっと静かに目を伏せました。咎める訳でもなく、失望を露わにする訳でもなく、ただ私の言葉を受け止めているように思えました。

「全てを失っても良い。全てを懸けるほどにアニスフィア王女を想っているのか？」

「はい」

「それは忠義か？　それとも恩義か？　あるいは同情か？　何故そこまで懸けられる？」

お父様の静かな問いかけに私は呼吸を整えるように目を伏せて、そして再び目を開けながらお父様に答えを返します。

「——ただ、お慕いしているからです」

忠義も、恩義も、同情も。どの言葉でも当て嵌まるのかもしれません。それだけ複雑に絡み合った感情が、私の全てがそう望んでいる。ただあの人を慕っている。自分の全てを懸けても良いと思えるほどに。

　最初に手を差し出されたこと、どうしようもない状況に希望という名の光を与えてくれたこと。未知という可能性を誇らしげに語るあの人を、ただ守りたいのです。

　理由なんてそれだけで十分だったのです。理屈も、道理も、その全てを踏み越えてでも守りたいものがある。あの人がそうしたように、私も自由に生きたいと思えたのです。

　お父様はただ私を見つめていました。その後、不意に表情を緩めて息を吐きました。

「……お前も、やはりマゼンタの血筋だったということか」

「……はい？」

　お父様はそう言ってから私から視線を外しました。マゼンタの血筋？　それが一体どんな意味を持つのでしょうか？　訳もわからず首を傾げていると、お父様は口を開き直しました。

「お前は、アニスフィア王女の即位を望まないのだな？　他に王を立てることが出来るなら、それを望むと。……方法がない訳ではない」

「えっ⁉」

　お父様の返答があまりにも意外だったので、私は狼狽えた声を零してしまいました。

　アニス様を即位させずに王を立てる方法が、他にもある⁉　お父様が言ったことが信じ切れず、お父様の顔を見つめてしまいます。

「アニスフィア王女が国王になるには決定的に欠けているものがある」

「……魔法の才能ですか？」

「そうだ。王家の血を保つとはその力を保たなければならないということでもある。だからこそ、幾ら魔学の功績を積み上げようとも伝統に固執する者はアニスフィア王女を認めることはないだろう。そこに付け入る隙がある」

「付け入る隙……ですか？」

「王家の存在は精霊から賜った魔法の才を引き継ぐためにある。それが果たせれば、極論を言えば誰が王でも構わない。血筋が濃いことに越したことはないが、その血筋の正統性も乗り越えられる方法がある」

「そんな方法があるのですか……⁉」

思わず身を乗り出してお父様に問いかけてしまいます。そんな方法があるなら、アニス様を国王にしなくても済むかもしれません。そんな期待に胸が弾みます。

「あまりにも非現実的な手段だがな」

「それは一体……？」

「今まで受け継いできたものが失伝しようとしている今、それを再び蘇(よみがえ)らせれば良い。パレッティア王国の初代国王がそうしたように、な」

お父様が言っている手段、それが何なのか察した瞬間、私は言葉をなくしてしまいました。お父様が言うように、それはあまりにも非現実的な手段だったからです。

喉が震えました。こくりと飲み下した唾が腹に落ちていくのを感じながら、私はその答えを口にしました。

「――精霊契約」

私の発した言葉に、その通りだと言うようにお父様が頷きました。

精霊契約。精霊の中でも巨大な力を持つと言われている大精霊と直接契約を果たすこと。パレッティア王国を建国することが出来た初代国王の伝説の一端。

精霊契約者であれば新たな王家を興せるというのは納得です。アニス様が伝統を失伝させてしまいかねないのであれば、それもまた手段の一つでしょう。

ただ、同時に現実的でないのも確かです。彼等は自分たちがどのようにしてそうなったのかを秘匿しているのです。

精霊契約者は気まぐれのように出現し、俗世と距離を置いて過ごす者がほとんどです。直接の連絡も王家にしか許さないほどに徹底していると耳にしたことがあります。

「精霊契約者が王家の承認を得て、新たな王家を興す。伝説の再来となれば納得もさせやすいだろう。更に言えば、王家の血が遠縁でも入っていれば理由の一つにもなる」

「そ、れは……」

言葉を詰まらせながらも、私は呻くように声を漏らしました。握った拳が震えてしまい、それが全身の震えへと変わるのはあっという間のことでした。

お父様はただ私を見つめているだけです。テーブルを挟んでいるだけの距離がどうしようもなく遠くに感じてしまいます。そして、震える私に対してお父様は決定的な言葉を突きつけました。

「精霊契約を成し遂げるなら――お前が女王の座に就くことも可能だろう。王家に養子として入るという手もなくはない。元々アルガルド王子の婚約者だったのだ。王家に入れるだけの教育は施されている。誰より必要な条件を揃えているのは他でもないお前だ」

遠縁とはいえ、マゼンタ公爵家には王家の血が流れています。お父様が言うように伝説の再来という手札があれば私が次の王位継承者として名乗りを上げるのは不可能ではないと、お父様はそう言っているのです。

「お前に女王として立つ覚悟があるのか？　ユフィリア」

――私は、お父様の問いに何も答えることが出来ませんでした。

何も言えずに固まっていると、お父様は静かに溜息を吐いてから言いました。

「覚悟があろうとも、精霊契約はそう簡単に成し遂げられるものではない。だが、覚悟も固められないのであれば、アニスフィア王女に即位させないなどと言う資格はない」

突きつけられたその言葉に、ただ私は項垂れることしか出来ませんでした。

＊＊＊

お父様の衝撃的な発言に何も言えずにいた私は、そのまま退室を促されて自分の部屋に戻ってきました。

着替えもせず、ベッドに倒れ込むようにして目を閉じています。それでも眠気が来る訳でもありません。ただぐるぐると思考が巡るだけです。

「……精霊契約」

この国の始まりとも言える伝説。それを為すことが出来れば、私が女王として立つことが出来るかもしれない。そんな可能性を思い描いたことなど、ありませんでした。

この胸の奥から湧き上がるものに一体どんな名前を付ければ良いのかわからない程、私の感情は荒れ狂っていました。それは容赦なく私を振り回し、眠気も食欲も気力も根こそぎ奪っていきます。

私がアニス様の代わりに女王となることが出来るのでしょうか？　そんな不安が胸を締め付けます。そっと胸を押さえ、背を曲げるようにして丸くなりながら私は自分の感情と向き合おうとします。

（私が王になれたとして……王としての責務を果たすことが出来るのですか？）

王妃として国王を支えるのとはまた訳が違うのです。自分の選択に国の命という重みがのし掛かってきます。

その重さに吐き気にも似た感覚が込み上げて来ます。でも、アニス様は同じような重みを背負っているのだと思うと手に力が入りました。

怖くて、混乱もしているのでしょう。だから何を信じたら良いのかもわからないのです。どれだけそうして自分の殻の中に閉じ籠もるようにして身を丸くしていたでしょうか。

ゆっくりと自分の感情を解きほぐしても、消えていくようなことはありません。いっそ聞かなければ、そんな可能性を知らなければと思ってしまいそうになります。

けれど、恐らくはこれが私の思う最善の道だとも思えるのです。私が次の王になることが出来ればアニス様の自由は保証される。王という責務をあの人が背負うことはない。

私が王になれば国を動かすことも出来る。アニス様の魔学や魔道具を政策に組み込むことだって提案出来るかもしれません。

それこそ、きっとアニス様が本来は望んでいた形だとさえ思えます。

けれど、そのためには乗り越えなければならないことがあります。それが精霊契約です。

だからこの仮定は結局、夢物語の範疇で終わるのでしょう。

(でも……本当にもしも、私がそんな未来を描くことが出来るのなら……？)

そんな想像を脳裏に描こうとしたところで、不意に私の耳は何かの音を拾いました。

「……歌？」

私は身体を起こして耳を澄ませます。すると不思議な歌声が聞こえて来ました。それは聞いたこともない歌で。そして人の声とも思えぬような、そんな感覚が私を襲いました。

その違和感に私は目を開きました。歌は絶えず聞こえていて、囁いているかのようです。

「……この歌は……？」

夜の闇に沈んだ部屋の中、月明かりを頼りに身を起こします。

すると、私の目の前でふわりと光が揺れました。反射的にその光に目を向けると、そこには信じがたい存在がいました。

それは掌ほどの大きさしかない光を纏う小人でした。その背には羽があり、私の周囲をくるくると飛んでいます。私は慣れ親しんだ感覚を覚えていました。だから、その存在の名を驚きながら呼んでしまいました。

「精霊……？」

私の呟きに羽持つ小人――いえ、精霊は満面の笑みを浮かべました。どうして精霊がこのような形を取り、意思を持っているかのように微笑んでいるのでしょう？

私は混乱の中に突き落とされながら精霊を凝視します。精霊は私が気付いたのに満足したように窓をすり抜けて外へと飛び立っていきました。

私は後を追うように窓を開きました。しかし、そこにはもう精霊の姿はありません。

「……今のは、一体……？　いえ、それよりも……歌が……」

突然、現れた謎の精霊も気になりますが、耳に聞こえた歌はまだ続いているようです。一体どこで、誰が歌っているというのでしょうか？

その私の疑問に応えるように公爵家の庭園、窓から見下ろせる広場に光が躍っているのに気付きました。

その光は私が先程見失った精霊でした。更に驚いたのは精霊と思しき光は一つではなく、何十もの光がそこにいました。

――その精霊が集まる中心、月明かりに照らされた一人の少女がいました。

膝裏に届かんばかりの白金色の髪を揺らしている姿は、まるで御伽話に出てくる魔女のよう。年はおよそ私と同じぐらいの少女が、この不思議な歌声の主でした。

彼女の歌声に合わせるようにして精霊たちが集い、そして光を放ちながら舞い踊っています。そんな幻想的な光景に言葉をなくしていると少女が私の方へと視線を向けました。

距離はあったのですが、その少女は私を見つけて微笑んだように見えました。あまりにも不思議な気配を纏っている彼女は只者(ただ)ではないと、私の直感が告げていました。

「──急な訪問は困りますな」

唐突に聞こえてきた声に私は驚いてしまいました。庭園の広場の入り口、謎の少女に声をかけたのはお父様だったからです。

私へと視線を向けていた少女はくるりと、お父様の方へと視線を向けるようにステップを踏んで髪を揺らしてから向き合います。

「久しぶりね、グランツ」

少女の口から出たのは親しげな挨拶でした。私は何度驚けば良いのかわからずに事態を見守ることしか出来ません。少女へと視線を向けていたお父様は、一瞬だけ私を見上げるように見てから深く溜息を吐きました。

「まさか貴方様(あなた)が〝森〟から出てくるとは。当家に一体どのようなご用件でしょうか？」

「気付いているのでしょう？　紹介してくれないかしら？　そのためにここまで出向いたのだから」

「……では、どうぞお入りください。——リュミ殿」

リュミ、と呼ばれた少女は敬われるのが当然だという態度で頷(うなず)きます。そしてまた私を見上げると、親しげに私に向けて手をヒラヒラと振ってきたのでした。

「ユフィ、お前にも彼女を紹介しよう」

窓から身を出していた私に対して、お父様が視線を向けずにそう言いました。

「この御方こそ——〝精霊契約者〟のリュミ殿だ」

お父様の告げた彼女の正体に私はただ驚きに声も出せないまま、彼女を見つめることしか出来ませんでした。

5章　精霊契約者の少女

「ふふ、グランツも老けたわね。良く年を重ねたみたいで嬉しく思うわ」

「恐縮です」

お父様に言われるままにサロンを訪れると、お父様がお茶の用意をしながらリュミ様を持て成していました。来る途中でも思ったのですが、屋敷にいる誰もが深い眠りに沈んでいるのかと思う程に静まり返っています。

「来たか、ユフィ」

「初めまして、グランツの娘さん？」

私が椅子に座るとリュミ様が軽い調子で手を振っていました。私はどんな反応をすれば良いのかわからず、とりあえず小さく一礼をしました。

「……あの、お父様」

「案ずるな、屋敷の者たちが起きて来ないのはリュミ殿の仕業だ。何も危険なことはない。この方は悪戯好きだが害意はない」

「そうよ、仲良くしましょう？　お嬢さん」

クスクスと笑いながらリュミ様は私を見ました。僅かに緑がかった黄金の瞳に見つめられて、私は心臓を摑まれるような感覚を覚えて胸を押さえてしまいます。

「ふふ……私が怖い？　怖いわよねぇ」

「リュミ殿、あまり娘をからかわないで頂きたい」

「ごめんなさいね？　初心な子だったから、ついね？」

お父様は静かに息を吐いて、私に席に座るように促します。促されるままに席に座るとお父様も席に座りました。

お父様と肩を並べるように座って、リュミ様がその対面に座るような格好となります。リュミ様は私を興味深げに眺めているのですが、どうにも落ち着かないので肩を揺すってしまいます。

「改めて名乗りましょうか、精霊契約者のリュミよ。貴方のお名前は？」

「……ユフィリア・マゼンタと申します」

「ユフィリア、良い名前ね」

私の名を繰り返すように呼んでから、リュミ様は笑みを浮かべます。名前を褒められても素直に受け取れないのはリュミ様に畏怖を感じているからなのでしょうか……？

「それで、本日は当家にどのような御用ですか？　貴方が森から出てくるのも珍しい」

「……森？」

「私の住処は黒の森なのよ。この前、貴方と摩訶不思議なお嬢さんがドラゴンと戦っていたでしょう？」

「く、黒の森に住んでいるのですか……？　どうしてあのような場所に……」

黒の森と言えば魔物が跋扈し、その森の深さから未開拓な部分も多い森です。精霊資源の採集地ではありますが、人が住めるような場所ではないと思うのですが……。

「どうしてって言われても、必要でもないのに人と会いたくないからよ。生活に困ったことなんてないしね。貴方が思うような心配は精霊契約者には要らないわ。それで、ここに来た用事だったかしら？」

お父様が淹れたお茶を飲んで、一息を吐いてからリュミ様は言葉を続けます。

「見定めよ。まさか、兆しを感じたのがグランツの娘だなんて運命を感じるけれど」

「……見定め？　私をですか？」

精霊契約者が私を見定めに来た、という言葉に私は困惑を顔に出してしまいます。

王族と同等に、いえ、普段から交流が出来ないという意味では王族よりも雲の上の存在である精霊契約者の彼女が私の何を見定めるというのでしょうか……？

「……皮肉なものですな」

リュミ様の言葉にお父様は不動の表情を、僅かに崩しました。そして目元を押さえるように指を添えてから、深々と溜息を吐きます。

「……ユフィリアがそうであると、そう言いたいのですか？　リュミ殿」

「皮肉と言えば皮肉かしら？　まさかグランツの娘だったとは。これでも驚いてるのよ？　私もドラゴンなんてものがやってくるとは思わなかったし、しかも空を飛んで挑んでいく子がいるなんて思わなかったし、その後ろに乗っていた子に兆しが見られるなんて」

「……あの戦いを見ていたのですか？」

「遠目でだけど。一応、どうにもならない程の有事になったら手を貸す約束なのよ。貴方たちのお陰で私の出番はなかったけど」

ケラケラと笑いながら言うリュミ様に私のペースは乱され続けています。摑み所のない相手は正直、得意ではないのですが……。

「……それで私の何を見定めに来たのでしょうか？　兆しとは一体、何のことですか？」

「それはね、貴方が私の同類になるかどうかってことをよ」

リュミ様の言葉に私は思わず腰を浮かせてしまいました。同類、それが意味することを理解してしまったからです。

「それはつまり……精霊契約者ということですか？」

「そうよ。貴方は十分な資格を持っている」

「資格……」

「精霊契約は契約に至るための条件と資格がいるわ。だからそこに至れるのはほんの一握りよ。精霊契約者がそう簡単に増えることはないわ」

　リュミ様が言葉を続けていますが、私はその言葉をしっかりと聞き取れたでしょうか。

私は身を乗り出しながらリュミ様に問いかけました。

「精霊契約とは、どのようなものなのですか？　私が持つ資格とは何ですか？」

「――教えてあげない」

「……は？」

　思ってもいなかった返しに私は口を開けたまま固まってしまいました。そんな私に視線を向けながらリュミ様はそっと溜息を吐きます。

「私はね、貴方が精霊契約を成し遂げてしまわないように来たのよ。そう、つまりは警告ね。見定めて、貴方に素質がありそうなら引き留めに来たのよ」

　続けられたリュミ様の返答に私は何も言えなくなってしまいました。私に精霊契約をさせないためにリュミ様はここに来た？　何故、と混乱と疑問が頭を満たしていきます。

「精霊契約なんて止めておきなさい。これは先人からの忠告よ」

「何故ですか……？」

「精霊契約は貴方たちが思ってるような良いものじゃないってことよ。精霊よ、尊き者よ、我等が友であれ。その信仰を信じているようではダメね」

「……どうして貴方が精霊契約を止めようとするのですか？　貴方だって精霊契約者ではないのですか？」

「だからこそよ。……私の見た目に、何か違和感がないかしら？　その疑問に気付いたら理由の一つはわかると思うわよ？」

「……違和感？」

リュミ様に促されるまま、私はリュミ様の姿を見つめます。違和感と言われても、見当も付きません。私から見て、普通の少女にしか……――。

『ふふ、グランツも老けたわね。良く年を重ねたみたいで嬉しく思うわ』

――少女……？　そうです、リュミ様の見た目は私と同い年ぐらいに見えます。でも、それはおかしいです。お父様に対してリュミ様はそう言っていましたから。

その言葉が何を意味するのか。悟りかけた私の背筋に悪寒が走り、汗が浮いてきます。声が震えないようにするのに精一杯になりながら、私はリュミ様に答えます。

「……精霊契約者は、年を……取らない？」

「ふふっ……。ねぇ、私は何歳だと思うかしら？　グランツ坊や」

「存じ上げません。私たちが貴方と出会ってから〝ずっとお変わりありません〟から」

――精霊契約者は年を取らない。

何故、精霊契約者が俗世にあることを望まず、身を隠すのか？　この疑問の答えが老いないからというなら納得出来てしまいます。

「精霊契約者は〝老いない〟。人の理から外れた者を精霊契約者と呼ぶのよ。精霊と契約し、〝人であることから外れてしまう者〟。だから貴方のお父様は契約をしなかった」

「え？」

私は驚きに目を見開いてお父様へと視線を向けてしまいました。お父様は契約をしなかった。つまり、お父様には精霊契約を叶えるだけの資格があった……？

「お父様……？　本当なのですか……？」

「――私にも〝資格はあった〟。だが、望まなかった。ただそれだけだ」

「どうして……？」

精霊契約は精霊を友とするパレッティア王国の民にとって神聖視される、憧れの対象です。今でも精霊契約の謎を追って研究している者だっている程です。

それでもお父様は精霊契約を望まなかった。それは精霊契約者が老いないから、という理由のためでしょう。実際、お父様は続けてこう語ります。

「老いない貴族など、ましてや王族よりも権威を増そうとする者など治政において邪魔でしかない。私は貴族であって王族ではない。ならば私には不要のものと思えただけだ」

「でも貴方たちは元々、精霊契約の手がかりを求めて私の下に来たじゃないのよ。最初はオルファンスもグランツが契約して王になれば良いと言ってたわよね。老いない、という話を聞いたら掌を返したけれど。懐かしいわねぇ」

「お父様が陛下たちと精霊契約の手がかりを探したことが……？」

「当時、オルファンスの権威は強いとは言えなかったからな。精霊契約者との縁を結ぶための旅であったが……懐かしい話だ」

お父様は口元を緩めて、過去を懐かしむように呟きました。オルファンス陛下がお父様たちと旅をしていたと言われてもどうにも想像が出来ません。

「オルファンス、グランツ、シルフィーヌちゃん。おかしな三人組だったわね」

「さ、三人でですか!? 護衛は!?」

「オルファンスはアニスフィア王女をよく問題児扱いするが、陛下も王子時代はなかなかの問題児だったのだぞ。何せ土いじりが趣味で、王族とは名ばかりだったからな」

「つ、土いじり……？」

「オルファンスは臣籍に下った後は直轄領をもらい受け、そこで農業や植生の研究をすることが夢だと言っていた素朴な青年だった。そんな時代もあったのだ。アニスフィア王女の自由を許しているのは、自分が夢を叶えられなかった故の思いもあるのだろう」

陛下の過去を知って私は胸がじくりと痛むのを感じました。陛下もアニス様と同じように王族であることによって自分の夢を諦めざるを得なかったということです。

……やはり私には納得が出来ません。王族に生まれたからには責務を背負うのは当然なのかもしれません。だとしても、アニス様が夢を諦めて生きなければならないなんて私には我慢がならないのです。

「あぁ、嫌な目付きをしてるわ、貴方」

ふと、リュミ様が深い溜息を吐きながら私を見てそう言いました。

「……申し訳ありません。ですが、私は――」

「――精霊契約はね、そう簡単にできるものじゃない。必要な資質と〝契約に至ってしまうほどの願い〟がなければ成立しない。貴方に契約を求めさせているものは何？」

私の言葉を遮るようにリュミ様に問いかけられて、私は思考に埋没しました。

たとえ、老いることがなくなるのだとしても叶えたい願いがあるのか、と。

そんな自分への問いによって脳裏に浮かぶのは——やはりアニス様の顔なのです。

アニス様に笑っていて欲しい。夢を諦めて欲しくない。ありのまま自由でいて欲しい。

王族の責務が貴方から笑顔も、夢も、時間も何もかも奪ってしまうというのなら。私があの人に何をしてあげられるのか。

弱気な自分が囁く。この選択が正しい選択なのかと。その問いに私は返す。仮に正しくなかったのだとしても、それで諦められるのかと。

あの人の笑顔を諦めなければいけないというのなら、私は——。

「——王に、この国を統べる王として立つ資格を得るために。精霊契約を成し遂げないと私は舞台に立つことすらも出来ないからです」

迷いは晴れました。宣言に澱みはなく、決意を込めて返答します。たとえ、老いを忘れて時の流れに置き去りにされることになるのだとしても、アニス様のこれから先に未来と笑顔があるのならそれで構いません。

私の返答にリュミ様は沈黙してしまいました。ふと、暫く黙っていたリュミ様の表情が変化しました。

それは深い絶望を感じさせるようなものでした。まるで雨に打たれ、打ちひしがれるようなリュミ様の変わりように私は困惑しました。

「……王になりたい、と。そこまで強い思いがあるのね」

「リュミ様……？」

「──とても、とても残酷ね」

目を伏せて告げるリュミ様の声はとても低く、それでいて力が感じられませんでした。

リュミ様が伏せていた目を開き、その視線が再び私を捉えます。

「なら、尚更私は貴方を止めなければならない。……でも、止めたいと思っても止められるものじゃないのよね。だから、私は語るだけ」

「……語る？　何をですか？」

「真実を。ここから先はグランツにも語ったことがなかったわね。でも、話さざるを得ないわ。それで貴方が過ちを繰り返さないことを私は願うことしか出来ないのだから」

お父様にも話していない真実……？　私は思わず身構えるようにリュミ様を見つめてしまいます。先程から儚さを増したリュミ様は、そっと口を開きました。

「──語りましょう。歴史の闇に消えた真実。……ある一つのお話を」

そして、リュミ様は語りました。彼女の知る、ある一つの物語を。

この世には救いはないのかもしれない。そう思ってしまう程に残酷なお話を、私は知ることとなったのです。

＊＊＊

私は屋敷の廊下で足を止めて、窓の外に見える月を見上げました。話し合いは解散となり、リュミ様はお父様のお客人として客室に案内されていきました。なので私も部屋に戻る途中です。

部屋に戻る前に足を止めてしまったのは……やはりリュミ様から聞いた話のせいなのでしょう。それ程までにリュミ様から語られた〝真実〟は彼女が言う通り〝残酷〟なお話でした。

思わず言葉をなくしてしまう話でした。リュミ様に感じる儚さの理由を理解してしまう程に。今になるまでその真実を誰にも語ってこなかった理由も、精霊契約を阻止しようとする理由も、その全てを理解してしまいました。

「ユフィ」

足を止めて空を見上げていると、リュミ様を客室に案内していた筈のお父様が私に声をかけてきました。お父様は私の隣に並ぶようにして月を見上げます。

お互いが何も言わずに並んで空を眺めていましたが、沈黙を打ち破ったのはお父様の方からでした。

「リュミ殿の話を聞いて、お前はどう思った？」

「……お父様こそ、どう思われたのですか？」

確認するように問いかけて来るお父様に、私は逆に聞き返してしまいました。

問い返されたお父様は私に視線を向けましたが、また月を見上げるように視線を戻して答えました。

「残酷な話だ。だが、それだけだ」

「……それだけ」

「私の為すべきことは変わらない。私は精霊契約を選択肢に入れてはいない。ならば、あの話も私にとってはただの昔話に過ぎない」

「……お父様は強いですね」

「改めて聞く。――お前はどう思った？」

再度の問いかけに私は答えませんでした。黙っていると、お父様が更に言葉を重ねます。

「リュミ殿は言った。精霊契約は止められるものではない。――止まる気はあるか？」

「――残酷な話でした」

「とても残酷で、この世に救いなどないのではないのかと思ってしまいました。それでも私は何度でも同じ選択をするのでしょう。……もう止められるものじゃないんです」

私は、敢えてお父様の言葉を無視するように強く言い切りました。

皮肉にも、それはリュミ様が教えてくれた残酷な話が私に決意させました。きっとこれまでも含め、これから先の人生、私にとって重要になる――そんな決意を。

「……代々、マゼンタ公爵家に生まれた者にはよく言われる性質がある」

「……お父様？」

不意に話題を変えるようにお父様はそう言いました。一体、何故そのような話題を出してきたのかわからず、お父様の顔を見つめてしまいます。

「マゼンタ公爵家に生まれた者は忠義に厚く、それ故に時には行き過ぎるとな」

「……そうなのですか？」

「マゼンタ公爵家の血筋に生まれた者は一度決めたことを頑なに譲らない。あまりに頑なすぎて頑迷とも言われることもある程だ。だからこそ、私たちはたった一人を選ぶ。私はオルファンスに忠義を捧げた。当時、王太子であったオルファンスの兄にではなく」

「……どうしてですか？」

「オルファンスが私の友であったからだ」

　はっきりと告げるお父様の声はいつもよりも感情が込められているように感じました。

「私も若い頃は才能を持て余して必要以上に注目を集めていた。周囲には神童と持て囃され、溢れんばかりの才能は人を吸い寄せる蜜のようだとも言われたことがある。周囲の目も煩わしく、ただ次期マゼンタ公爵として生きることでしか気が休まらなかった」

　肩を竦めるようにしてお父様が過去を口にする。その姿はなんだか新鮮で、お父様の顔を見つめてしまいます。その時、お父様は確かに微笑を浮かべていました。

「オルファンスは、私の風評に惑わされることはなかった。まぁ、アレもアレで王位継承権にはそっぽを向いてた奴だからな」

「……陛下とアニス様はやはり親子なのではないでしょうか？」

「違いない。だからこそシルフィーヌの尻に敷かれるのだ」

　くく、と僅かにお父様が笑いを零すのも驚きました。これが恐らく、お父様の個人としての顔なのでしょう。なんというか、意外と意地が悪いのかもしれません。

「だがオルファンスだったからこそ、シルフィーヌも救われたと思っている。あの時代を乗り越えるのにオルファンスは王として必要だった。だからこそ私たちは尚更、私たちが残してきたものを守りたかった」

「……お父様」

「守らなければならないと思っていたのだ。たとえ、自分の子供たちに不自由な思いをさせてでも。振り返ってみれば、頑なになりすぎていたのかもしれない。オルファンスが王になってから歩んできた苦しい時代を知っていたからこそ、お前たちに同じ思いと過ちを繰り返させたくはない、と。……時代は変わって、同じ手が通じるとも限らんのにな」

遠くを見つめたまま、お父様は自嘲するように呟きました。そんなお父様に私がかけられる言葉はありません。

間違ってはいなかったのかもしれない。けれど、正しくもなかった。きっと次の世代である私たちも含めて、皆が少しずつ間違ってしまった結果が今なのでしょう。

「私にとってオルファンスは、友であり、そして柱であった」

「柱ですか？」

「己を見失わぬための柱だ。オルファンスが進む道を、その未来を共に進みたいと思えた。人として、友として。だから私はオルファンスに尽くす。自分の夢を捨ててでも国を守ろうとした友に報いることが私の軸だ。シルフィーヌも似たようなものだろう」

「……忠義と友情ですか」

「お前のは、些か私とは毛色が違うようだがな」

「……まさか、からかっていますか？」

　やはりお父様は実は素の性格がよろしくない方なのではないでしょうか？　そんな疑念がどうしても浮かんでしまいます。

「からかっているように聞こえるなら、お前にも心当たりがあるということだろう？」

「……」

「沈黙は雄弁だと言うな、ユフィ」

「……まさかお父様に苛つく日が来るとは思いませんでした。ええ、本当に」

「お前は私と違うと言いたかっただけだ。自分が正しいと思う答えを自分で選んで進め」

　お父様がオルファンス陛下に付き従うのは忠義と友情だとして、私のアニス様に向ける感情とは異なると言いたいのでしょう。

　……そうですね、きっと異なるのでしょう。

「私はアニス様に夢を捨ててほしくありません。それが私の望みです」

「それをアニスフィア王女が望まぬとしてもか？」

「それが――私の軸です。私は……あの人を慕っています。あの人の夢も含めて。だからこそ私はあの人に夢を諦めさせません」

　決意を込めて宣言します。お父様に挑みかかるように視線を向けますが、お父様は涼しげに受け止めています。

「やってみせろ、それが譲れないと思う選択ならば」

お父様がそう言って去った後も、私はその場に立ち尽くして夜空を見上げます。

夜空から降り注ぐ月明かりがゆっくりと雲に遮られるように消えていきます。私を照らしていた月光が完全に隠れてしまった後、私は闇に包まれる中で呟きました。

「たとえ、この世界が人を救うように出来ていないのだとしても、私は……──」

──もう揺るがない。届かない空に手を伸ばして、ゆっくりと拳を握り締めました。

6章　望まぬ決意

——朝の目覚めはひたすらに最悪だった。憂鬱な気分になりつつ、離宮の天井を睨(にら)んでから深々と溜息(ためいき)を吐(つ)く。

「……お腹(なか)、重たい……」

これ、絶対ストレスだ。あぁ、もう嫌だ。王族として改めて頭に入れなきゃいけないことが多すぎる。顔合わせをした貴族は私を敬遠するような目で見てくるし、腹の内を探ろうとしてくる飾った言葉の真意だって見抜かなきゃいけない。

「……あぁ、今日は何もなかったんだっけ」

そろそろ私が限界だって父上には見抜かれてるんだろうな。今日一日、私の予定は何もない。ゆっくり休みなさい、という父上の無言のメッセージに思える。

甘える時は甘える。今までが今までだから父上にそんなことを口に出してしまえば怒られるかもしれないけれど。でも、このままだと潰れてしまいそうだ。あまりにも息苦しくて、やっぱり私は王族なんて向いてないな、って思うことしか出来ない。

眉を顰めて天井を見上げているとドアがノックされる音が聞こえた。ドアが開くとイリアが顔を出す。ベッドの上でぐったりしている私を見ると、眉を寄せて溜息を吐いた。

「……おはようございます、姫様。朝食はどうされますか？」

「食べる……でも軽いものがいい、重たいと多分入らない……」

「そう言うと思っていました。食堂で召し上がるほどのものでもございませんので、応接室へどうぞ。レイニにお茶を用意させます」

「ありがとう、イリア。本当に助かってるよ」

「……それが私の役目ですので」

いつもと変わらない態度で接してくれるイリアに少し癒される。彼女に身支度を整えてもらってから私たちは応接室に向かった。

応接室ではレイニが唇に指を当てながら何やら唸っていた。イリアに教えられたお茶を淹れる手順を復習しながらやっているのか、随分と熱心だ。

「おはよう、レイニ」

「あっ、おはようございます。アニス様」

「頑張ってるみたいだね。イリアは厳しくない？」

「いえ、イリア様には良くしてもらってます」

「レイニは覚えが早いですからね、教え甲斐がありますよ」

レイニのことを話すイリアはちょっと誇らしそうだった。そんなに飲み込みの早い教え子が可愛いのかと笑っていると睨まれた。

「何か言いたそうですが？」

「べ、別にー？」

イリアのジト目から逃れるように顔を背けていると、ドアがノックされた。ノックの音を聞きつけたレイニがドアを開けに行く。

「あ、ユフィリア様。おかえりなさい！」

「ただいま戻りました。……また何か騒いでいたのですか？」

マゼンタ公爵家から戻って来たユフィがそこにいた。中の声は外にも聞こえていたのか、レイニにそんな風に問いかけていた。レイニは困ったように眉を寄せながら苦笑して頷いている。

うん、やっぱりユフィが戻って来るといつもの、って感じがしてホッとする。

「おかえり、ユフィ」

「はい、アニス様。……突然なのですが、アニス様にお話がありまして。お時間を頂いてもよろしいですか？」

「？　話？　何かあった？」

「今後のことについてです。お父様に頼んで、陛下たちにもお時間を頂いております」

ユフィの言葉に表情を引き締めてしまった。ユフィがグランツ公を通してお父様たちの時間まで取ってする話、絶対ただで終わるような話じゃないという予感がする。

ユフィもいつものように見えるけれど、どこか違和感を覚えるのは私の気のせいなのか。どうにも胸騒ぎがしてしまう。

「私は私の為すべきことを見つけました。それをアニス様に、そして陛下たちにも聞いて頂きたいのです」

決意を込めたユフィの言葉に、私は圧倒されながらも頷くことしか出来なかった。

＊　＊　＊

イリアやレイニにも聞いて欲しいとユフィが言うので、全員で揃って王城へと向かった。

既に父上たちは時間を空けてくれていたようで、そのまま執務室へと通される。

中に待っていたのは父上と母上、それからグランツ公と……見慣れない少女が一人。

白金色の髪、緑がかった金色の瞳、魔女のような風貌の少女は只者とは思えない空気を纏っていた。その気配に思わず息を呑んでしまう。

「来たか、アニスよ」

「父上……その子は？」

「アニス、この方に無礼のないように。この方は……」

「初めまして、王女様？　私はリュミ。精霊契約者と名乗ればわかるかしら？」

「……はぁっ!?」

思わずリュミと名乗った少女に向けて驚きの声を上げてしまった。精霊契約者？　こんな私と年が変わらなそうな子が……？

「なんで精霊契約者がここに……？」

「私の用事のためよ。この子に用があって、一緒に行動してるの」

そう言ってリュミが指し示したのはユフィだった。ユフィもそれを自然なことのように受け止めている。え？　なんでそうなったの？

私と同じように困惑しているのはレイニとイリアだ。父上と母上、グランツ公は気にした様子はない。私たちの困惑を他所にユフィが話を始めようとする。

「陛下、王妃様。本日はお時間を頂きありがとうございます」

「グランツから話があると聞いていたが、ユフィリアからの話だったのか？　リュミ殿も一緒だとは思わなかったが……」

「この話は出来るだけ早く陛下の御耳に入れたく思いました故、お父様には無理を言って陛下に伝えて頂きました」

「いや、いい。構わんよ、ユフィリア。……しかし、一体何の話をされるやら……」

父上は胃が痛い、と言わんばかりにお腹をさすっていた。正直、私も同じ気持ちだ。

「まずは席につきましょうか。そう簡単に終わる話ではないと思いますので」

「うむ……イリア、レイニ、お前たちも座りなさい。この面々で気を遣うことはない」

「よろしいのですか？」

「構わぬ。ユフィリアもそのつもりで連れてきたのだろう？」

「はい。良ければお願いします」

父上とユフィ、揃って言われたので立って控えようとしていたイリアとレイニも席についた。大きなソファーだけど、人数も人数なので結構狭く感じる。

私の座るソファーにはイリアとレイニが、ユフィはグランツ公とリュミと一緒に座って、父上の隣には母上が座る。

全員が席についたのを確認して、小さく咳払い（せきばら）をしてからユフィが口を開いた。

「まずはお時間を頂いたことに改めて感謝を申し上げます。今回は私から陛下に願い出たい申し出があるのです」

「……ふむ。リュミ殿が一緒なのは何か関係があるのか？」

「はい。大きく関係しています」

父上が表情を引き締めながらユフィを見つめて問う。ユフィは父上に向けて頷いてから言葉を紡いだ。

「陛下、王妃様。まずはご報告を申し上げます。私はリュミ様に資質を見出され、資格があると認定されました」

「……なんだと？　それは、本当なのか⁉」

父上は今にも席を立ちそうな勢いで驚きを露わにした。母上も口元を手で押さえて驚愕に目を見開いている。

一体、何の話なのか私には摑みきれず、ユフィの顔を見つめてしまう。

「資格って……何の？」

「精霊契約よ。この子は新たに精霊契約に至れるだけの器があるという話」

「……えええええっ⁉」

疑問を口にした私に答えをくれたのはリュミだった。あっさりととんでもないことを言い放ったリュミに私は驚愕の叫びを上げてしまう。

「せ、精霊契約って……ユフィが？」

パレッティア王国を建国した初代国王と同じ偉業。それをユフィが成し遂げられる可能性があるという話に私は驚きすぎてどんな顔をすればいいかわからなかった。

ただ、単純に驚いている私と違って父上と母上は悩ましげに頭を抱えていた。

「……まさかと思うがユフィリア、精霊契約者になるつもりがあるのか？」

「私は、そのつもりです」

「精霊契約者の真実を知った上でも、か？」

「はい」

ユフィの返答に父上の顔が険しくなっていく。……もしかして父上はユフィが精霊契約を成し遂げることが好ましくないと思ってる？　でも、どうして？

「ユフィリア、精霊契約者になるということは……俗世では生き辛くなるのよ」

「え？　母上、それってどういうことです？」

「……アニス。リュミ様が幾つに見える？」

「幾つって……そりゃ私と同年代に見えますけど」

「この方はね、私たちが初めて会った時からこの姿よ。……何十年も前からね」

母上の言葉に私は興味なさげに背もたれに寄りかかっているリュミへと視線を向けてしまう。何十年も前からこの姿ってことは……？

「精霊契約者って……もしかして不老なの？」

「そうねぇ。流石に千年は数えてないと思うわよ、王女様？」

千年は数えてない、って。つまり百は確実に数えているという言い回しだ。

精霊契約者になったら不老になる？　しかも人の寿命を明らかに超えているから不死である可能性もある。

その可能性に気付いたレイニが食い入るようにリュミに視線を向けている。もし本当に精霊契約者が不老不死なら、それはヴァンパイアの開祖が求めた理想そのものだ。

「……ユフィは、それで良いの？」

どうしてユフィは精霊契約者に、不老不死になっても構わないと考えてしまったんだろう。急にユフィが何を考えているのかわからなくなってしまった。

「はい。私の望みを叶えるのに精霊契約は欠かせません」

「ユフィの望み？」

「はい。陛下、王妃様。もし私が精霊契約者になったら叶えて頂きたいことがあります」

「願い、だと？」

「——私を王家に養子として迎え入れて頂きたいのです」

『…………は？』

疑問の声は誰が上げたものだっただろう。私だったかもしれないし、父上だったかもしれない、あるいは母上だったかもしれない。もしくは全員の声が重なっていたかもしれない。だって、ユフィの言葉にグランツ公とリュミ以外の全員が呆気に取られていたから。

「……ま、待て。待て⁉　何を言い出す、ユフィリア⁉　お前を養子に取れとは、一体何の冗談だ⁉　まず何故そんな話になった⁉」

「私の目的は――王位継承権を陛下から賜ることにございます」

今度こそ父上は度肝を抜かれたように仰け反ってしまった。隣で母上が口元に手を添えて驚きを浮かべてしまっている。私はユフィが一体何を言っているのかわからずに固まってしまった。

「お、王位継承権を、望む？　お、お前が？　ま、待て……待ってくれ……グランツ！一体どういうつもりなのだ⁉　何故、ユフィリアがこんなことを言い出したのだ⁉」

「私とて認めた訳ではない。ただ、ユフィリアが私に刃向かおうと覚悟を決めたのだ。それに私たちにとって利がない話でもない。ならば選択肢の一つとして取り入れても構わないだろうと判断して話すことを許可した」

「ユフィが、グランツ公に刃向かった⁉」

そんなの有り得ないっていうか、ユフィだからこそ想像も出来ない話だった。

王位継承権が欲しいなんて言うのもおかしいし、グランツ公が反対して当然だ。

「そんなことが認められる筈がないわ！　何故、そのような馬鹿げたことを……！」

母上がいつもの調子を取り戻して口を開こうとしたけれど、ユフィから強い視線を向けられて口を閉ざす。あの母上を黙らせる程のユフィの気迫に困惑が深くなっていく。

「私の望みはただ一つです。私は、アニス様が王になるのが許せないのです」

「な、なんで……？」

「驚かれるのも無理はありません。不敬も承知の上です。しかし、それはこの国を思ってのことでもあります。陛下も王妃様も、アニス様が王になる上での大きな障害はご理解されているかと思います。そして、その先に起きてしまう可能性のことも」

「……何が言いたい、ユフィリア」

「アニス様がこの国の貴族に認められることはありません。魔法の才能がない、その一点だけで。それは魔学や魔道具の功績をどれだけ積み上げようとも覆せないものです」

「……だから、自分に王位継承権を授けよ、と？」

「私は長年、王妃としての教育も受けてきました。元々、私という才能を王族に取り込むためのアルガルド様との婚約でしたよね？　私であれば貴族を納得させられるだけの素質があると思っております」

「た、確かにお前は公爵家の娘だが、マゼンタ公爵家と王家の血は遠縁すぎるぞ！」

「そうです！　マゼンタ公爵家の令嬢である貴方を養子に取るなど有り得ません！」

父上も母上も認められない、と言わんばかりにユフィに訴えている。けど、そんな二人の訴えですらも退けてしまいそうな言葉がグランツ公から飛び出してきた。

「もしも提案を呑むならば、ユフィリアにはマゼンタ公爵家との縁を完全に断ってもらう。我が家との関係の心配はせずとも構わないぞ、オルファンス、シルフィーヌ」

「グランツ⁉　貴方……貴方、何を言っているの⁉　縁を完全に切るなど⁉」

「我がマゼンタ公爵家と王家の関係が問題になると言っているのだろう？　ならば、私はユフィリアが二人の養子になった際に後ろ盾になるつもりはない。私は今後もアニスフィア王女に女王になっていただく指針を崩すつもりはない」

「それこそ無謀と言うものだわ⁉　ユフィを身一つで放り出すと言っているようなものではありませんか‼」

「だからこその精霊契約です。建国の国王と同じ偉業を成し遂げれば、精霊信仰に傾倒する貴族を納得させることが出来ると思っています。我がマゼンタ公爵家は王家の遠縁として、筆頭貴族としての務めを果たしてきました。この王家存亡の危機を前にして惜しむ身などありません。この身を新たな礎と変え、新たな王を誕生させます」

「そ、それは……」

「こちらの方が、アニス様が女王の座に就くよりも穏やかに次の王を迎えることが叶うと思いませんか？」

ユフィが何を言っているのかわからない。わかるけれど、わかりたくない。脳が理解を拒んでしまっている。いっそ耳を塞いでしまいたい。

誰かに否定して欲しい。精霊契約なんて、そんな簡単に成し遂げられる偉業じゃない。その偉業があれば次の王として受け入れられるなんて、そんなの確実じゃないって。

「ユフィ、どうして……？　自分がどれだけ滅茶苦茶なこと言ってるかわかるでしょ？」

お願いだから悪い冗談だって言って欲しい。そんな縋るような思いで言っても、ユフィの返答は私にとって悪夢のような現実を叩き付けるだけだった。

「私が精霊契約を成し遂げられれば、アニス様は望まぬ王位に就かずに済みます」

「……待って、待ってよ！　ユフィ、私、貴方にそんなこと頼んだ覚えなんてない！」

「はい。これは私が勝手に果たすと決めた誓いです。私は貴方を王になどしたくない」

「……本気で言ってるの？　不敬もいいところだよ⁉」

「それで争いが回避出来るなら、何より貴方の笑顔があるなら私は構いません。アニス様は自分が王になってこの国を導いていけると、本当にそう思っているのですか？」

「何を……」

「貴方は王になることは出来るかもしれません。この国を変えることだって出来るでしょう。ですが、貴方の才能は今のこの国には受け入れられない。その変化に多くの血が流れるでしょう。そして、貴方は民に苦難を強いることを悔いる」

「……そうだよ、私には魔法の才能なんてない。この国の貴族に受け入れられないなんてわかってる。出来たとしても精々、無理矢理国を変えて、次の世代に継がせるぐらいのことしか出来ない！　そんなの自分が一番わかってる！　でも、だからって！　ユフィに国を背負わせていい理由にはならないでしょうが‼　ユフィが私と王位を競う？　私がアルくんと競うのとは訳が違うんだよ⁉」

私には血の正統性しかなかった。アルくんには血の正統性と魔法の才能があった。それにアルくんは男児だったし、王になるのが当然だった。

でも私とユフィだったら片方ずつしかない。ユフィは豊かな魔法の才能が、私は受け継いできた血の正統性が。

受け入れられるのはどっちか？　それは人によっては違う。結局、それは争いに繋がってしまうかもしれない。だからユフィのやろうとしていることなんて認められない。認めて良い理由なんてない。

「――それでも私が王になれれば、貴方の夢を守ることが出来ます！」

だからこそ、ユフィが強く叫んだ言葉に私は完全に打ちのめされてしまった。

それは国のためでもなくて、ましてや民のためでもなくて。ただ一人、私に向けられた想いだった。

「私は王室に入るための教育も受けました。貴族の令嬢としての実績もあります。婚約破棄の不名誉も貴方が返上してくれました」

「ッ……！　でも、だからって！」

「私の方が王として、貴族の世界で生きていくのに向いています。貴方にも出来るかもしれませんが、貴方にはもっと叶えたい夢がある筈です。違いますか？　貴方は魔法を愛して、解明して、もっと多くの人に素晴らしさを伝えたいのではなかったのですか⁉　王になり、魔学を功績のために使い潰すことが貴方の望みの筈がない！」

何も言い返せない。それは私の胸の中から消えることのない願いだ。でも、ダメだよ。だって、そんなのワガママだ。私にはもう許されないワガママだ。

今まではアルくんがいた。だから私には関係ないって思ってきた。でも、もうアルくんはいないんだ。残された王族は私だけ。だから私が責務を果たさなきゃいけないのに。

そう思っているのに、続くユフィの言葉によって私の心が揺れてしまう。

「私は貴方よりも与えられた役割を全うすることに長けています。それが王妃であれ、女王であれ重みが変わるものではありません。むしろ、私はそのように生きて来た自分を否定することなく、私自身が望んで王になるのです。その先に貴方の夢があるのなら」

「私の、夢……」

「魔法の神秘に迫り、追い求め続けたい。貴方は求めて良いのです。いえ、私が許します。私が王となれば貴方もまた民なのです。そして家族にもなります。私は貴方に夢を叶えて欲しい。その夢こそが、この国を豊かにするからです」

議論が白熱する間に立ち上がっていた私たちはお互いに向き合って、視線を交わし合う。視線を逸らさないままユフィが私に近づいてきて、私に手を差し出してくる。

「私の願いが叶わずとも貴方のお側に、その治世を助けることを誓います。そして叶うならば貴方の夢を守り、共に見させて欲しいのです。貴方が自由であることが私の願いであり、望みなのです。私たちは争い合うことなく、手を取り合うことが出来る筈です。ですから、アニス様。どうか私の手を取ってください。今度は私の番なのです」

「何が……ユフィの番なの……？」

「──絶望するしかなくて、受け入れるしかない。そんな現実から貴方を救うために」

その言葉に私はユフィの手を見つめてしまった。私に向けて差し出された、きっと私を助けてくれるだろう手。その手に、私の手が伸びていこうとする。

お互いの手が重なろうとした瞬間——私の手は、ユフィの手を勢い良く弾いた。

「……え？」

それに驚いたのは、きっと誰よりも私自身だ。私はユフィの手を取っていいと思ってしまった。ユフィが一緒に背負ってくれるなら、この重責の苦しみだって楽になる。

ユフィが良いって言ってくれてるなら、良いじゃない。そんな風に囁いた自分がいるのは間違いない。それでも——私には、ユフィの差し出した手が恐ろしくて仕方なかった。

息が苦しい。息が出来なくて視界が滲む。ダメだ、ここで泣いちゃダメだ。

「ダメ、だよ……そんなこと言わないでよ、縋らせないでよ……！」

「アニス様……？」

「ユフィの言う話が全部うまくいったとして、王位継承権を得ても実子の私より継承権が上になることはない！　私は王女なんだ！　私は、どんなに受け入れられなくたってこの国の王女なの！　ユフィにその役割まで取られたら……私に、何の価値が残るの⁉」

ユフィが唖然とした表情で私を見ている。あのグランツ公も目を少し見開かせていた。

レイニが口元を押さえて、イリアが信じられないものを見たように私を見ている。

「……アニス……？」

　――そして父上と母上が私を見ていた。二人とも限界まで目を見開かせて、母上に至っては声を震わせながら私の名前を呼んでいた。

　私は自分が吐き出してしまった言葉の意味を理解して、口元を押さえてしまった。

　私に王女としての価値なんてないって言ってたのは、いつも私じゃない。なのに、なんで今になって受け入れられないの？　私は、だって、私は！

　わからない、もう、何もわかりたくない。全部滅茶苦茶になっていく。思考が掻き混ぜられて、感情もぐちゃぐちゃになっていく。

　どうして、どうしてって叫ぶことしか出来なくて、それすらも吐き出したくなくて、でも吐き気が酷いの。いっそ全部吐き出してしまいたい。

　でも、この想いを吐き出してしまえば私はもう後戻り出来ない。だから皆から見られるのが怖くて、この場から消えてしまいたくて、衝動的に扉へと駆け出した。

「待ちなさい、アニスッ！　――待って、アニスフィア‼」

　誰かが私の名前を呼んでいる。耳に突き刺さるような痛々しい声で。それに耳を塞ぎたくなって、声が届かない所に行きたくて、誰の目も気にせず全力で城内を駆け抜けた。

　――私は、逃げたんだ。何が苦しいのかも、怖いのかもわからないままに。

7章　目を背けたかったもの

　王城から逃げ出した私は行く宛てもなく彷徨っていた。今はとにかく誰にも見つかりたくなくて、誰の声も聞きたくなくて、ただ一人になりたかった。

　逃げるように王城から離れていると、いつの間にか城下町に来ていたらしい。お忍び用の格好じゃないから人目を避けるように裏路地に入って、息を潜める。

「……なんで、こんなことになっちゃったんだろ」

　壁に背を預けて、膝を抱えて座る。そこで少しだけ気が抜けてしまったのか涙が零れた。

　その後は感情も抑えきれなくなった。

　子供のように声を上げて泣いてしまいたい。でも、泣いてしまえば誰かに見つかってしまう。だから声を押し殺して、膝に顔を埋めて泣くことしか出来なかった。

「……おいおい、嘘だろ」

　どれだけ蹲っていたかわからない。けれど頭上からかけられた声に慌てて顔を上げた。

　そこには何故かトマスがいた。

「……トマス？　なんで……？」

「自分がどれだけ目立つのかわかってんのか？　コソコソしてても目立つんだよ。まさかと思って探してみたら面倒なことになってやがる……あぁ、やめておけば良かった！」

トマスは顔を手で押さえながら深々と溜息（ためいき）を吐（つ）いた。私はぼんやりと見上げることしか出来なかったんだけど、トマスの上着が頭から被（かぶ）せられた。

「立てるか？」

「……え？」

「見つけた以上、見なかったフリなんて出来るか。俺の工房まで行くぞ、それで顔を隠しておけ」

「……うん」

トマスに促されるままに私は立ち上がって、顔を隠すようにトマスの上着を押さえながら歩く。その間、ずっとトマスに手を引いてもらうことになった。

人目を避けるように裏路地を通って、いつもより回り道でトマスの工房に辿（たど）り着いた。普段は表口から入るけれど、今日は裏口からだ。

「とりあえず座っとけ」

「……うん、ごめん。ありがとう」

「……調子狂うぜ」

トマスが面倒臭そうに頭を掻きながら呟いた。トマスに促されるまま席についた後、私はぼんやりとトマスの家を眺めた。

裏から入ったことは数える程しかない。トマスは一人暮らしで、かつては両親と暮らしていたという家は一人で住むには広く感じた。

そうして視線を巡らせているとトマスがお茶を淹れて持ってきてくれた。

「ほら、飲みたきゃ飲め。……あー、毒味とかするか？」

「いいよ……トマスが私に毒なんて盛る筈ない」

「そうかよ」

褒めたのに舌打ちされた。理不尽だな、と思いながらトマスの淹れたお茶に口をつける。

一息つけたことで緊張から解放されたのか、全身から力が抜けた。

「……落ち着いたら帰れよ。王城には報せ、入れるか？」

「……ごめん、やめて……今は、まだ帰りたくないし、誰にも報せてほしくない……」

「……面倒くせぇ……」

「こういう時って何も言わずに慰めたりしてくれるもんじゃないの？」

「俺に何を期待してやがる。変な騒ぎになる前に帰れよ、邪魔だ」

その言葉にじわじわ涙が浮かんできた。今にも泣き出してしまいそうになっていると、トマスはギョッとした顔になって、乱暴に自分の頭を掻いた。

「悪かったよ！　匿ってやるから好きなだけいればいい！　ただ、日が落ちる前には帰れよ！　あと、迎えが来たら帰れ！」

「……来るかな」

「あのなぁ……あぁ、もうわかった。俺は適当に聞き流すから全部吐き出しちまえよ」

「……良いの？」

「聞き流すって言ったぞ」

それでも聞いてくれるんだ。それが泣きたくなるぐらいに嬉しくて、ホッとしてしまう。だから言葉がするりと零れてしまった。

ユフィに精霊契約が出来るかもしれないこと。精霊契約が出来たら私の代わりに王になりたいと言ったこと。そんな無茶をしようとしたのは私のためだって言ったこと。

トマスはただ黙って聞いてくれた。私は話している内にどんどん胸が苦しくなってしまい、身を縮めるように自分の身体を抱き締めてしまう。

「……アニス様は王位なんかどうでも良かったんじゃないのか？」

「邪魔……」

「どうでも良かったよ！　でも、それはアルくんがいたからだよ。アルくんがなるべきだと思ってたから王位なんてどうでも良かったんだ。でも、もうアルくんはいない。王の責務を背負わなきゃいけないのは……私なんだ」

じゃないと私は王女としての価値がない。魔法が使えないから王族としても失格なのに王にならなくても良いなんて言われたら……私は、どうして王女だったんだろう。

「今更、酷くない？　でも諦めないといけないんだ。私が向いてないからって、私が夢を叶えたいって思ってるからって、許される訳ないよ。許して良い訳がない……！」

「……なんでだよ。王にならないならアニス様は今のままで良いだろう。ユフィ様が王になって困ってたら、それを助けてやるのじゃダメなのか？」

仏頂面で腕を組んでいたトマスは、そんな風に言ってくる。それに首を振ってしまう。

「……わかんないよ。わかんないから、こんなになってるんだよ。そう出来たらどんなに楽かと思うよ。王の責務なんて背負いたくない、誰も私を認めてない王なんて嫌だ。ただ私は魔法をもっと調べたい、私が使える魔法をもっと追い求めたい。でも、私が助かるために誰かを犠牲にするなんて出来ない。私はこの国の王女なのに、それすら背負えないなら……私、何のために王女として生まれたの？」

「だから、どうしてそんなに王女であることを気にするんだよ」

トマスが尖らせたような声で聞いてくる。私が王女であることを気にする理由は一体、何だろう？　考えようとしても思考と感情が入り乱れるだけで何も掴めない。

「王女であろうと、そうでなかろうと、アニス様はアニス様だろうが」

「そうかも……しれないけど……」

「どうしてアニス様がそんなに素直になれないのかはわからないけどよ、心配かけるような真似はしちゃいけねーだろ。アンタを心配してくれる人がいるだろうが」

心配してくれる人と言われれば浮かぶ顔がある。ユフィの顔が浮かぶ。イリア、レイニ、父上、そして――母上。

「……やっぱり、ダメだよ」

「あぁ？　何がダメだって言うんだよ」

「私は、ちゃんと王女として……やらなきゃいけないことをやらなきゃ……」

「俺は王族のことはわからんが、アンタは立派にやってきたんじゃないのか？」

私は俯いていた顔を上げてトマスに視線を向けてしまう。トマスは真っ直ぐ私に視線を向けていた。

「確かに普通の王女様らしくはなかったと思うぞ？　でもアンタが王様になるって言えば喜ぶ奴もいるよ。それぐらいアニス様は立派にやってきたじゃないか」

「でも……認めないよ、この国の貴族は私を認めない」

「だったら良いじゃねぇか。アニス様が無理に国王にならなくたって。……俺は心配だよ。アンタが王になったら潰れちまうんじゃないか不安になるさ。アンタは優しすぎる」

……私は優しいのかな。わかんない。ただ、私がそうしたいからって理由だけで生きてきた。他人の評価なんて気にしても仕方ないと思ってた。何を思われても構わないって。でも、王位につくならそんなことは言ってられない。でも、認められない中で生きていくのは嫌だ。自由がなくなるのだって嫌だ。

それでも王女であることは捨てられない。そんなワガママ、切り捨てないとダメだって囁(ささや)く私がいる。両極端な感情に私は振り回されてばかりだ。何も言えなくてトマスが淹れてくれたお茶にすら手もつけられなくなってしまった。

そんな時だった。トマスの家の表、工房の入り口のドアが勢い良く叩(たた)かれたのは。

「――トマス！　いらっしゃいますか？　ユフィです！　いましたら返事を！」

「うぉっ⁉　ユ、ユフィ様か……？」

突然聞こえてきたのは切羽詰まったユフィの声だった。私は身を竦(すく)ませて震えてしまう。トマスはそんな私の様子を見てから、そっと溜息を吐いた。

「……約束だぞ。良いな？」

迎えが来たら帰る。わかってる。本当は凄く嫌だけど、トマスには迷惑をかけているんだから断れない。私が頷いたのを見て、トマスは工房の方へと向かっていった。

その後ろ姿を見ながら、私は膝を抱えて蹲ることしか出来なかった。

「……アニス様」

少ししてユフィが中に入って来た。ユフィは肩で息をしていて、私を探して駆け回っていたのがわかってしまう。

自分でも不確かなままの感情はユフィを拒絶するように視線を逸らさせる。名前を呼んでも反応しない私にユフィはどんな顔をしてるのかわからない。

「……俺は席を外す。話し合うならしっかり話してくれ。出る時は声をかけてくれ」

「申し訳ありません、トマス。ご迷惑をおかけします」

「そう思うなら、もうこんなことにならないようにしてくれ。……ちゃんとお互いに納得がいくようにな」

そう言ってトマスは表の工房の方へと姿を消していったようだった。残されたのは私とユフィだけ。

「……アニス様、まずは無事で良かったです」

「……放っておいてよ」

「そんな訳にはいきません」

　ユフィが私の傍（そば）に近づいて、私の肩に手を伸ばしてきた。ユフィの手が肩に触れようとしたのを私は弾（はじ）いてしまう。

　弾かれた手を押さえながらユフィは私を見ていた。手を弾くために顔を上げてしまったので、ユフィと視線が合う。ユフィは眉を寄せて険しい表情を浮かべていた。

　でも、その表情が何故（なぜ）か和らいだ。まるで心の底から安堵（あんど）したように。どうしてそんな表情をユフィが浮かべるのかわからず、ユフィの顔を凝視してしまう。

「……なんで、そんな顔するの」

「ようやく貴方（あなた）の本音を引き出せたような気がして。ふふ、アニス様に怒りを向けられるのは初めてですね」

「はぁ……？」

「私は貴方の敵になることも出来るのですよ。ただ守られるだけの存在じゃありません。時には貴方と異なる意見を持ち、願いが食い違うこともあるでしょう。それでも私たちはお互いの意思を確認することが出来る筈です」

　ユフィは言う。ただ守られるだけじゃなく、私とは違う考えを持つこともある。それでも私たちはわかり合おうとすることが出来るって伝えるように。

「正直、喜ばれるなんて思ってませんでしたよ。でも、予想以上にアニス様が反応してしまったので驚きました」

「……大袈裟で悪かったわね」

「いえ、私が見誤っていました。アニス様の中で王女であることは私が考えていたよりも大切なものだったのですね」

ユフィが私の手を取る。その手を今度は弾けなかった。ユフィの指が自分の指と重なると彼女の体温が伝わってくる。

その体温を感じた途端、涙腺が一気に緩んでしまった。零れる涙は止まらず、ユフィの手に縋るように額をつけながら私は呻いた。

「ユフィは……狡い……！　私だって……！　魔法を、使いたかった……！　皆に、認められる……魔法を……！　そうすれば、誰も、何も！　失わなかったのに……！」

ユフィが愛おしくて、温かくて、だからこそ……憎らしかった。私が持っていないものを持っている人。誰よりも私が望んだ理想に近い人。

愛おしさが反転しそうになる。愛おしいが故に憎らしくなる。ユフィは良い子だ、凄く良い子なのに、それが許せなくなりそうになる。だから感情が溢れ出るままに言葉を吐き出してしまう。

「ユフィでいいなら！　魔法の才能が全てなら！　最初からユフィでいいでしょ⁉　最初から、全部！　ユフィが最初から王女だったら良かったじゃない！　どうして今になって私が王女であることを取り上げるの！　アルくんがいなくなったから私しか王になれる人が残ってない！　だから、それは私の義務なの！　私が果たさなきゃいけないの！」

ユフィの胸を叩く。縋り付いて、悔しくて、悲しくて、憎らしくて、入り交じった感情が拳を握らせてユフィの胸へと叩き付けられる。何度も、何度も。

それでもユフィは揺るがず、私の拳を受け止めてくれていた。止めないと、そう思うのに拳は止まらない。唇と声が震えて、言葉が全部情けなく震えてしまっている。

「私、王女なのに……！　誰にも期待されてない……！　でも、頑張ったの！　頑張ったんだよ！　アルくんが王様になるから邪魔にならないようにって！　でも、それでもアルくんはいなくなってしまった！　私のせいで！　だったら、どうすれば良かったの⁉」

今でも鮮明に思い出せる、遠い地に離れてしまった弟。あの子の人生を狂わせてしまったのは私だ。家族という形をおかしくさせてしまったのは――私だ。

だから責任を取らなきゃいけないんだ。他の誰でもない私が。

「私がなるしかないなら務めを果たすよ！　でも、私は要らない王女だ！　もうアルくんはいないのに！　嫌でも、認められなくても、私がならなきゃいけない！」

ユフィの肩を摑んで、私は感情が迸るまま言葉を吐き出していく。決壊した感情は留まることを知らない。全部、涙と一緒に流れ出していく。

「魔法が好きだった！　ただ魔法が好きで、使えるようになりたかった！　それでも私は王女だ！　この国の王女で……父上と母上の娘なの！　認められない王女が娘で、母上が泣いてたんだ！　ごめんなさいって私に謝るの！　悪いのは私なのに……！　私が、娘で、ダメな王女だから！　だから、だから頑張ったよ！　これからも、頑張れるから……！　だから……私を要らない子に、しないで……！　私は、大丈夫だから……！」

言葉と一緒に記憶が溢れていく。自分が魔法を使えないと知って、それでも諦めずに本を引っ繰り返したり、調べたりしていた幼い私を抱き締めて母上が泣いてたんだ。

ごめんなさい、って。あんな綺麗で、優しくて、大好きな母親が。私のせいで泣いてたんだ。魔法の才能を与えてあげられなくてごめんなさい、って。

そんなの母上の責任じゃない。私が王位継承権を捨てたのはアルくんのためだけじゃなかった。私は母上も救いたかったんだ。私はこんなに破天荒な娘です、貴方の心配なんて要らない、元気にやっています。そう思ってくれたら良かった。

人から嫌われるのは仕方ない。だから慣れてしまえば良い。嫌われることに、期待されないことに。そうすれば私は自由でいられるし、誰も悲しませずに済むから。

だから大丈夫。私は、大丈夫。だって、大丈夫なんだから。何度も呟く――。

「――大丈夫な訳、ないでしょう！」

そんな私の呟きを否定するようにユフィが強く言い切った。

ユフィが私の肩を掴んで引き剝がす。ユフィの顔には怒りが浮かんでいた。感情が高ぶってしまっているせいか、その瞳は涙に潤んでいる。

「自分以外の誰かが大事で、放っておけなくて、自分を犠牲にしてしまうような人が！誰にも認められず、皆から嫌われて平気な訳ないじゃないですか！　大丈夫な訳ないんですよ！　だから王位は貴方を傷つける！　貴方はこの国に受け入れてもらえない！」

「……やめて」

「でも、それは貴方が悪い訳じゃない！　魔法の才能がなければ幸せになれない王族の在り方が、魔法の功績ばかり求める貴族の在り方こそが、人を幸せに出来ない国こそが悪いんじゃないですか！」

「やめてよッ！　今更、そんなこと言わないでよ！　それでも、この国は父上と母上が守ろうとした国なの！　それを私は壊すことしか出来ないの！　だって、どんなに望んだって私は魔法を使うことが出来なかった！　才能がなかった！　ユフィに、魔法が当たり前に使えるユフィに私の何がわかるのよ‼」

「――守ってきたじゃないですか。貴方が誰よりも、何よりも信じた〝魔法〟の力で」

ユフィの言葉に、私は我を忘れてしまった。唇は何度も空気を食むけれど、息をすることが出来ていない。ただ信じられないという思いのまま、私はユフィを見つめる。

ユフィの目が、その瞳に浮かぶ意思の強さが、嘘だと思い込みたい私の弱さを打ち砕いていく。この子は心の底から思う言葉を私に告げたのだとわかってしまう。

「魔法は精霊から授かった力という意味ではない筈です。魔法は貴族として受け継がなければならないもの。国に幸福を、民に笑顔を。そのための力であり、誓いの筈です」

ユフィが手を伸ばして私を強く抱き締めてくれる。その力強さと、ユフィの直に伝わってくる体温が私の身体に移っていくようだった。

「貴方は誰よりもこの国を想い、ただ一人で戦い続けてきたじゃないですか。誰にも認められなくても、貴方だけの魔法を形にしてみせたじゃないですか。一体、誰があのドラゴンを打ち倒したというのですか？　誰がレイニの正体に気付いて、アルガルド様の暴走を止めたのですか？　全ては貴方のお陰じゃないですか」

耳元で囁くようにユフィが想いを伝えてくれる。成し遂げてきたことを認めてくれる。

思い返せば苦しい人生だった。挫折と失敗の方が多くて、それでも進まないといけないと意地を張り続けてきた。この道が私が望んで走ってきた道だって。

でも、追い立てられるように走ってきたと言われても否定出来ない。私は魔法の使えない出来損ないの王女だったから。

王位継承権がどうでも良かったから捨てたんじゃない。それが、本当に大事なものだって知っていた上で手放したんだ。

父上から呆れた目で見られても、母上から何度咎められても、アルくんに嫌われてしまっても、それで皆が幸せになるなら。そう、願い続けてきた。

それでも魔法だけは諦めきれなかった。憧れて、絶望して、絶望しても諦めきれなくて。色んなものを捨てて目を背けた。でも、本当は……――。

「私、王女でいいのかな……？　父上と母上の……娘で、いいのかなぁ……？」

――ずっと、胸を張って言いたかった。私は貴方たちの娘なんです、って。

ユフィが私の身体を強く抱き締めた。震える私の身体を宥めるように、ただ強く。その強さが私がここにいると感じさせてくれる。

「アニス様、帰りましょう。その問いに答えを求めるのなら、問いかけるべき人が貴方の帰りを待っています」

その言葉に、私は子供のように泣きじゃくってユフィに縋り付く。今までの全てを吐き出すように私は泣き続けた。

そんな私をユフィが抱き締めてくれた。私が落ち着くまで、ずっと、ずっと。

＊　＊　＊

散々泣きじゃくって、漸く私が落ち着いてから私たちはガナ武具工房を後にした。トマスは何も聞かなかったことにする、と言って外套を貸してくれた。

泣きじゃくった直後で碌に返事も出来ない私だったけど、トマスは軽く背中を叩いてくれた。それで彼の気持ちは伝わった。

離宮へと戻る道すがら、ユフィは私の手を引くようにして先に進んでいく。

「……皆に、謝らないと」

「そうですね。特に王妃様とはしっかり向き合ってください。アニス様が飛び出した後、レイニが診てないと今にも崩れ落ちてしまいそうな程だったんですよ？　今頃、陛下とイリアが面倒を見てくれている筈です」

「え？　ってことは……皆、離宮にいるの？」

「私に行かせるぐらいなら、とイリアが飛び出そうとしましたが、冷静ではないと思った

ので私が止めました。レイニだけ王妃様と陛下につけるのは可哀想でしたしね……」

「ユフィも思い切ったね……」

「ええ、貴方のためになら幾らでも」

……ちょっとユフィの台詞が恥ずかしくて、ユフィの握る手を振り解きたくなってしまった。でも、掌に感じる温もりが名残惜しくてユフィの手を離せなかった。

離宮へと辿り着くとイリアが駆けてくるのが見えた。イリアらしくない全力疾走に驚いてしまい、私は咄嗟にユフィの背に隠れてしまう。

「ユフィリア様！　姫様は……！」

「大丈夫です。今はもう落ち着いてますから」

「……姫様」

普段は滅多に崩れないイリアの表情が酷いことになっていた。焦燥と不安の名残が残っていて、こうして姿を見せても安堵しきれていない複雑そうな表情だ。

私はそんなイリアに力なく笑ってみせる。そんな私を見てイリアも深く息を吐き出した。

「……申し訳ありません、取り乱しました」

「ううん、最初に取り乱したのは私だから。……ごめんね、イリア」

「いいえ、私の失態です。長年、姫様のお側にいながら、あまりにも私は……！」

感情を声に乗せて、激情に震えるイリアに私はビックリしてしまう。別にイリアに責任を感じてほしい訳じゃなかったので、私も困ってしまう。

「イリア、まずは王妃様と陛下に」

「……そうでしたね」

「アニス様、行きましょう」

ユフィが誘うように手を引く。一瞬、怖くなって足を止めてしまいそうになる。それでもユフィの手の温もりが意気地なしの私に力をくれた。

そのまま向かった先は応接室。中に入ると母上の手を握っている父上と、傍に控えているレイニの姿が見えた。一歩離れた所にはグランツ公とリュミが控えている。

レイニと父上を傍に置いた母上は完全に憔悴しきっていて、普段の凛々しさが影も形もなかった。それが遠い記憶の母上と重なって、胃が捻り上げられるように痛む。

ついユフィの手を強く握ってしまったけれど、ユフィもまた力強く握り返してくれた。

そんなやり取りをしていると、レイニが真っ先に私たちに気付く。

「アニス様！　ユフィリア様！」

レイニの声に私たちの存在に気付いた母上が勢い良く顔を上げた。目を見開いた母上が私を見つめる。そのまま父上の手を振り解き、私の傍まで勢い良く駆け寄ってくる。

「アニスフィア！」

「……母上」

母上は私の顔を傍で見ると、そこまで勢い良く迫ってきた足がたたらを踏んだ。それから、どんな顔をすればいいのかわからないといった表情で私を見つめている。

言葉も出そうで、何も出てこないといった様子の母上を後ろから支えたのは父上だった。父上はただ静かに私を見つめていた。そんな父上に圧力を感じてしまって、私は肩を縮めてしまう。

「アニスフィア」

「……ち、父上」

「この馬鹿者が……！　何故そのようになるまで何も言わんのだ！」

父上の叱責に私は身を震わせてしまった。そんな私の様子を見て、父上がハッとした後に苦虫を噛み潰したような表情を浮かべて眉間を押さえる。

「陛下、アニス様の状態には私の提案にも原因がございます。ご叱責は何卒、私も含めて頂ければと思います」

「ユフィリア……」

「それと……アニス様、ご自分で言われますか？　それとも、私が代弁しますか？」

ユフィに問われて、私は一瞬息を呑んだけれど、すぐに首を横に振った。そこでユフィが手を離したので、私は進み出るように父上と母上の前に出る。

「……父上、母上、まずは突然飛び出すような真似をして申し訳ありませんでした」

父上と母上は何も言わない。私は少しだけ頭を下げた状態のまま、二人の顔を見ることが出来ずに言葉を続ける。

「大丈夫だと、思ってたんです」

「……大丈夫？」

「私は、この国の王女だから、ちゃんと背負おうと思ってたんです。私は王女だから、大丈夫だって。大丈夫じゃないといけないって……」

声が震えそうになるのを必死に抑えながら私は言う。吐いてしまいそうな程に緊張しているけれど、ちゃんと言わないとって。

「じゃないと、本当に王女失格になっちゃう。……二人の娘なんて、名乗れないから」

母上がどんな表情を浮かべているのか、怖くて見ることが出来ない。父上も息を呑んだのが聞こえてしまった。あぁ、逃げられるなら逃げ出してしまいたい。

「私は大丈夫。だからユフィの言うことなんて、忘れて、いいから、私が――」

私が王になりますから。その言葉は、私を抱き締めた母上の抱擁で止められた。

私より少しだけ低い背丈、なのに力はもの凄く強くて少し痛いくらい。母上は私を抱き潰してしまうんじゃないかと思う程に強く抱き締める。

「アニスフィア！　……貴方は、馬鹿です！」

母上は涙声だった。私を強く抱き締めながらも母上の身体は震えている。

「何が大丈夫だというのですか！　貴方の背負った不利を私が理解していないと思っているのですか⁉　どれだけ……どれだけ私が、貴方に、本当は申し訳ないと……！　そんな風に思っていたことなど知らないでしょう！」

「……いいえ、知っています。だから私は頑張らないといけなかった。母上が私に魔法の才能を与えられなかったことを思って泣いてたことを忘れたことなどないです」

「なら、何故私を責めないのですか！　貴方もアルガルドも、どうして！　いっそ罵ってくれればと、そう思う母の気持ちがわかりますか！　貴方たちに全てを背負わせたのは私です！　王族としてそうしなければならないと！　貴方たちがどのように言われているのか知ってても、私は……外交に立たなければならないと目を背けていたのに！」

母上が私の顔を見上げながら言う。その両目からは涙が溢れてしまっている。

「何が大丈夫なものですか！　貴方は王位が欲しかった訳ではないでしょう！　いつだって外の世界や、魔法の知識に目を輝かせていた！　外の世界に出るために魔法に代わって剣の腕を磨いて、魔学という発想や魔道具という発明を生み出した！　その功績をただ王国のために捧げろと言われて、貴方が心を痛めていないと私が思っていたと言いたいのですか⁉」

「母上……そんな……私は、ただ……」

「ただ、なんだと言うのですか⁉」

私に縋りながらも、咎めるような目で母上に睨まれると息が止まりそうになってしまう。

それでもちゃんと母上に言わないとって、その一心で言葉を紡ぐ。

「……だって、私は母上の娘で、この国の王女だから……！　父上と母上が頑張ってるのをわかってたから、だから！　邪魔になんてなりたくなかった！　期待なんてされない方がいいなら、それでも良かった……！　ただ、せめて娘として、いたかった……！」

――だって、そうじゃないと私が王女として生まれた意味がわからなくなっちゃう。

私はただの厄介者だった。誰からも期待されない王女。私に才能がないと言われたことに誰よりも傷ついてたのは母上で、苦悩していたのは父上だ。私が真っ当な、普通の王女として生まれていればきっと悩む必要もなかった。

私は私の願いを裏切れなかったけれど、二人からの愛情に気付かなかった訳じゃない。

愛されてるとわかってたから、今の私があるんだ。

魔法の才能がない王族なんて致命的で、いつ放逐されたっておかしくなかった。だけど父上も母上も私に愛情を注いでくれた。私のやることに眉を顰め、溜息を吐いても私をしっかり見つめてくれた。

私は二人に愛されているのをわかっているから、この国に生まれて良かったと思ってる。辛いことも多いけれど、乗り越えられたのは夢を見ることが出来たから。

夢を見ることを許してくれてたのは、他でもない父上と母上だから。なら、本当に私の力が必要なら応えたいって思うのが娘として、王女として、当然なんだ。

「ユフィの方が王にいいって、言うなら……私はなんで王女なんですか……？　最初からユフィが娘でよかったのなら、私、要らない……！　要らない王女だ……！」

だから、それが私を救うのだとしても――受け入れたくなかった。私が私であるせいで色んな人を苦しめて、惑わせてしまったから。アルくんが辺境に送られて王位継承の問題が浮上してしまった。このままだと、両親が守りたかったこの国を私が壊してしまう。

そんなのダメじゃない。だったら、私がやらないと。私が背負わないと。私は私として生まれた責任を果たさないといけない――。

「――だから、貴方は馬鹿だと言うのです。アニスフィア」

私を抱き締めていた腕を解いて、私の頬に母上が手を添える。

「貴方が生まれてから私は一度でも貴方が要らない子供だと言いましたか？　本当に貴方は母の気持ちを知ろうともしない。貴方が生まれて、私がどれだけ幸福だったか貴方にはわからないでしょうね」

「……母上」

「魔法の才能なんて、貴方が望まなければどうでも良かったの。気付いていたわ、貴方がいつだって私たちを気遣っていたこと。でも、それに甘えて見誤ってしまった」

母上は涙が落ち続ける潤んだ瞳で、それでも私の顔を見つめようとしている。釣られるように私も母上の顔が滲んで見えてきた。

「貴方は本当は王になんてなりたくない。魔法の研究をして、魔法使いになりたかったのでしょう？　ずっと、ずっと、子供の頃からそうして頑張ってきたのでしょう？　本当にいいの？　王になったら自由はなくなるわ。貴方は、それで幸せ？」

「……そんなの、言えない……！」

狡い質問だ。そんな答えられない質問をするなんて。でも、胸がいっぱいだった。私を見てくれて、大丈夫って聞いてくれるなら、それで私はもう満足だ。

「大丈夫、ですから。母上……私を信じて？　貴方の娘として、私、頑張りたい……」

「……馬鹿な子よ。本当に、貴方ったら馬鹿よ……！」

母上が私をまた強く抱き締める。私も母上の背に手を回す。母上ほど強くは抱き締められない。それでも縋るように母上の温もりを求めてしまう。

「アニス……」

「……父上」

今まで黙っていた父上が私の肩に手を置いた。母上を抱き締めながら私は父上を見上げる。私の顔を見つめていた父上は、項垂れるように頭を下げながら言った。

「……すまなかった」

「……なんで謝るんですか？」

「私はお前に甘えて、お前が望む最善を与えてやれなかった。離宮に引き籠もった変わり者だと、そんなお前を咎めながらも、お前が本当に望むことを許してやれなかった」

「……何を言ってるんですか？」

「――ユフィリアの提案を、のもうと考えている」

父上が何を言っているのかわからなかった。我を失って父上に食ってかかろうとしたけれど、その前に父上に肩を押さえられる。

「落ち着け。それはユフィリアが本当に精霊契約を成し遂げたら、だ」

「父上！」

「リュミ殿が言っていた。精霊契約は本人が望まなければ叶わない。逆に望んでしまうならどうあっても止められないのだと」

「そんな……！」

私は縋るようにユフィを見てしまう。けれど、ユフィはもう決めてしまったように表情を動かさない。私のために全部捨てて構わないと、本当にそう思ってしまっている。

「だったら、私が！　私に精霊契約が出来れば――！」

「――無理よ」

私の叫びを否定したのはリュミだった。無慈悲なまでの否定に私は叫び返してしまう。

「私には無理って、なんで！」

「貴方が〝稀人〟だからよ」

〝稀人〟。その一言に私は息を呑んでしまった。それは、かつてドラゴンが私を称した言葉と同じだった。

「稀人って何なのよ……なんで稀人には精霊契約は無理なの⁉」

「稀人はその魂に精霊を含まない、純粋で独り立ちすることが出来る稀有な者よ」

リュミが告げた言葉に私は目を見開いてしまう。それは、私が初めて知る事実だから。

「魂に精霊を……含まない……？」

「この世に生きとし生けるものは魂に精霊を含んでいるのよ。その魂に含まれた精霊が同種の精霊へと共鳴することで精霊は魔法へと変じる。個人によって魔法の才能に差があるのは、その魂の内にある精霊に差があるからよ」

リュミが語った内容に私は目を見開いた。リュミの言うことに納得してしまう。これは恐らく本当のことだ。だからこそ、それは同時に私が魔法を使える可能性が完全に断たれてしまったことを意味する。

「稀人であることはそれだけで素晴らしいわ。魔法に、精霊に頼らずとも生きていける。貴方のような人はいつだって時代の変革の先頭に立っていた。時代を変える英雄の器ね。実際、貴方の発明は凄いものだと思う。だから、私としては貴方にこそ王になって欲しいと思うのだけどね」

「え……？」

「精霊契約など、過去の物にしてしまうべきなのよ。だから私は精霊契約者が生まれないように警告するし、必要であれば真実を語るわ。どうして精霊契約は廃れるべきなのか、その理由を。精霊契約は不老不死を齎す。では、どうして貴方たち王家があるのかしら？」

「何故、王家があるか……？」

初代国王は精霊契約者だった。精霊契約者は不老不死である。その二つの事実が結びついた時、私は背筋に氷でも差し込まれたかのような悪寒を感じた。

絶対的な力を持っていた不老不死の国王が、何故今も君臨していないのか。

「精霊契約は人を不幸にするのよ。だから私は先達として警告を促すの。それが私がまだこの国にい続ける理由よ」

「この国にいる理由……精霊契約者の発生を防ぐために？」

「そう。そして、その理由はとても簡単よ。私は精霊契約によって起こされた〝悲劇〟を見てきたからよ」

そう言うリュミは儚く、今にも消えてしまいそうだった。彼女は己の胸元に手を当てて、改めて告げる。

「私の本当の名前は——リュミエル・レネ・〝パレッティア〟。初代国王の最期を看取った彼の娘、そして今のパレッティア王家の礎を築いた者よ」

8章　その魔法は誰がために

——それは昔のお話。この土地が誰のものでもなかった時代。

自然溢れるこの大地は、人が生きて行くには厳しい土地だった。豊かな自然が生む魔物の脅威が容赦なく襲いかかり、無慈悲に死者の数を増していく。

しかし、彼等に行き場はなかった。彼等は戦火から逃れ、魔物が住まうこの土地に逃げ込むことしか出来なかった流浪の民だったから。

ある日、一人の青年が疲弊するばかりの日々に叫んだ。こんな理不尽が何故、許されるのか。救いがあるのならば、何を代償に捧げても構わないと。どうか救いを、と。

その真摯な願いに応えた者がいた。それこそが、この自然豊かな土地に満ちていた精霊だった。精霊は青年の叫びに応え、契約を交わした。

それが白き王国、何にも穢されぬ地、パレッティア王国の始まり。

＊　＊　＊

「リュミ様が……王族……？　それも初代国王の娘……？」

リュミ、いや、リュミエルの告白に誰よりも驚いてるのは父上と母上だった。リュミエルはそんな二人を見て、肩を竦めた。

その時に揺れた白金色の髪を見て、私は納得してしまった。あれは王家の血筋に現れる髪色だ。それは、リュミエルが私たちの先祖だという証拠になり得る。

「事実よ。だから私はパレッティア王国の歴史の生き証人とも言えるわね」

「……貴方が本当に初代国王の娘だったとして、どうして精霊契約によってパレッティア王国を築いた初代国王を、精霊契約を否定するの？」

私の問いかけにリュミエルは人形のような無表情になった。その表情が感情を押し殺したのではなく、摩耗しきった感情の残骸だからこそ浮かべる無表情だと悟ってしまった。

「それこそが父を殺した、いえ……壊したからよ」

「壊した……？」

「パレッティア王国は、まだこの魔物多き地の開拓が今ほど進んでいなかった時代に築かれたわ。ここに流れ着いた王なき民たちは魔物の脅威に晒され続けていた。いつ全滅してもおかしくない過酷な状況だったと聞いたわ。そんな状況だったからこそ、父は精霊契約に辿り着いた。それが喜劇と、同時に悲劇の始まりだったのよ」

「喜劇はともかくとして、悲劇……？」

リュミエルの言い回しが引っかかって思わず呟きが零れる。リュミエルは一つ頷いてから話を続けた。

「精霊契約って、何だと思う？」

「え、何だと思うって……精霊と契約すること……？」

「具体的には？」

問われても返答は誰も出来なかった。〝精霊と契約した〟という事実そのものが精霊契約と呼ばれ、その詳細はどこにも残っていなかった。だから今でも謎のままだ。

「精霊契約における契約の対象となる精霊は、己自身なのよ」

「己自身……？」

「もっと正確に言えば己の半身――魂に混ざっている精霊そのものよ」

リュミエルは己の胸元に手を当てて言う。精霊はあらゆる命の魂に混ざっているとリュミエルは先程言った。精霊契約で契約する対象の精霊は、自分の魂に含まれる精霊。それがどんな意味を持つのか、まったく想像が出来ない。

「魂は己の欠けた部分を埋めるように精霊を求める。求める精霊が多ければ多い程、精霊として純度が高まる。それは世界に繋がる力が強くなっていくことを示してるの」

「精霊としての純度……」

「そうよ。そして精霊契約とは、己の魂を精霊と完全に同化させることを意味するのよ」

「完全に同化……⁉　だから不老不死になるの⁉」

　私は驚きのままに叫んでしまった。精霊契約者はどうして不老不死なのか？　その答えは簡単なことだった。

〝精霊契約者になる〟。それは〝精霊へと変じてしまう〟ということだ。

　精霊は世界の欠片だ。そして精霊は不変、老いもしなければ朽ちもしない。精霊石に姿を変えることはあっても、その力も在り方も損なわれることはない。

「そうよ。精霊契約者は精霊契約によって己の魂を精霊へと変えた者たちなの。その時点で肉体は精霊の〝器〟でしかなくなる。精霊は変わらず、朽ちないものだもの」

「器の状態が固定される……？」

「それが精霊契約者が不老不死である仕組みよ。でも、この不老不死には欠点があるわ」

「欠点……？」

「精霊は本来、器を持つ存在じゃないの。だから……人としての在り方からズレていく。その差異がどんどん大きくなっていけば器すらも捨ててしまう。精霊契約者が器を捨てた存在を人はこう呼んだわ。――〝大精霊〟とね」

「……ッ！　なんなのよ、それ……！　それが本当だとしたら私たちが信仰していた精霊は人だったってことでしょ⁉」

「そうだと言っているでしょう？　人間は元々、人の救いとなり、人の姿を失ったものを神と呼んだわ。精霊に対するそれが信仰となり、宗教になっただけ」

「……そんなの……！」

精霊信仰を信じている者たちには教えられない。私たちが信じていた神秘は、結局は人によるものだった。それも人柱のように人間を捧げているようなものだ。

精霊契約は神秘的なものでも、人間を救済するものでもない。その事実が重くのし掛かってくる。

「それに精霊契約そのものにも問題があるわ。精霊契約によって精霊と同化すれば人としての在り方を捨てることになる。それが契約の代価よ。人であることを捨てなければ精霊契約は成り立たない。そして精霊契約者は契約を結んだ願いに縛られることになる」

「願いに縛られる……？」

「それこそが精霊契約者の悲劇を招いたのよ。父は民の幸せを願ったわ。民が苦しむことなく、皆が幸せであって欲しいと。そのために自分の人としての一生を捧げ、精霊を友として従える王となった」

リュミエルはそこまで語って、一度目を伏せた。まるで悲しみを隠すような仕草だ。

「精霊契約によって父は精霊の力を借り受け、魔法を編み出した。その魔法を使える民を増やすべく、精霊契約は更に広まった。誰もが民のために、苦しむ同胞のために力を尽くしたわ。それが王族と貴族の始まりだった。でも……」

「……でも？」

「魔法によって開拓が進み、王国の基礎が出来た。民の生活は見るからに改善されていったわ。けれど、人の欲望は際限がなかった」

リュミエルの冷え切った声が、刃のように空気を裂いていく。冷酷なまでの怒りに背筋が震えてしまう。それだけリュミエルの感情が鋭く冷え切っていた証だった。

「より良い生活を望む祈りは、更なる贅沢を望む欲望へとすり替わった。祈りによって国のために立ち上がった国王は祈りに応える王ではなく、欲望を叶える王に成り果てたわ」

「それは……」

「貴方にわかる？　愛する民たちがどんどん欲に染まって、それを庇護するのが王の幸福だと何も疑わずに、眉一つ動かさずに他国を侵略して殲滅する王を見た私の気持ちが。そして、私は当初それに疑問を覚えなかったのよ。それが精霊契約なの。叶えたい願い以外の全てを切り捨ててしまう怪物を生んでしまったのよ」

「……何も疑問を覚えなかった？」

「王の子であれ、というのが私の契約だった。王のように永遠であれ、民のための象徴であれと。言ってしまえば王に何かあったときの予備よ。民にとって王とは、自らの願いを叶えてくれる都合の良い願望成就器でしかなかった。だから欲望を王に願い続けた！　結果はどうなったと思う⁉」

まるで絶望を前にして笑うしかないと言うような笑みを浮かべて、リュミエルはその場にいた全員に語りかけるように叫んだ。

「圧倒的な力で人をゴミのように蹴散らす、老いることもない不死の王！　民の願いに応え、侵略者を退けるだけでなく、逆に侵略した国を根こそぎ焼き尽くす！　ねぇ、貴方たちだったらどうする？　どうするのが正しいと思う？」

笑っているのにリュミエルの声は渇ききっていた。こんなに渇いてしまう程、リュミエルは何度も思い返したんだろう。そんな想像に胸が痛んだ。

「だから私は自分の父を滅ぼしたわ‼　父が間違っていると思ってしまったから！」

リュミエルの叫びに私は拳を握り締める。私もそうするだろう。多分、同じ状況だったら同じ選択をした。

そんな王は、怪物は、存在してはならないと。そう思ってしまったから。

「民の、国の暴走を止めるために！　幸いなことに魔法の力は精霊契約を成し遂げなくても子供たちに引き継がれていた。だから精霊契約を失伝させるように仕向けた！　この国に精霊契約はもう不要だった！　あんな化物を望む民なんて、いっそ滅びてしまうべきだったのよ！」

リュミエルはそこまで語って、それでも晴れぬ無念を表すように首を左右に振ってみせる。長い時代を生きた彼女が何を見てきたのか、表情だけで伝わってきそうで。

「……それでも生まれてしまう精霊契約者もいた。その果てに大精霊へと変じて、消えていった者もいる。願いを叶えるために自分を捧げてもいいと思ってしまえば精霊契約は止められない。でも、魔法の力を引き継いだ王族や貴族たちが国を変えていくことで契約者の数は減っていたわ。結果として精霊契約の名残は魔法として残り、貴族の力となった。その力はこの国を守った。……それでも、また別の悲劇を生んでしまったけどね」

リュミエルが気遣うように視線を向けた先にいるのは父上と母上、そしてグランツ公だった。貴族が魔法の力を受け継いだからこそ起きた諍い(いさか)に巻き込まれたのが父上たちだ。

何かが、誰かが明確に悪いという訳ではないのかもしれない。だって、そうでなければ私たちは今日、ここにいない。でも、間違い続けることは出来ない。

きっと最初は正しくて、段々と正しいものが間違って悪いものになってしまった。

ない。

だから正さなきゃいけない。これはそういう話なんだ。確かに喜劇であり、悲劇でしか

「だから精霊契約者が再び王になるなんて、かつての時代の繰り返しよ。それでも本当に望むの？　一体、誰が貴方が間違えないなんて保証してくれるの、ユフィリア？」

訴えるようなリュミエルの問いかけに、ユフィは一度目を伏せる。そして再び開いた瞳は私を捉える。どきり、と心臓が跳ねた。

「いいえ、時代の繰り返しではありません。リュミエル様、私が精霊契約を望むのは再び精霊契約による王権の再興を為したい訳ではないのです。私はあくまで玉座を得る正統性のためだけに精霊契約を望むのです」

「何が違うというの？　では、貴方は何のために王になるというの？」

「受け継いできた伝統を正しく終わらせるためです。全ては新しい時代に引き継ぐために。その率い手は……もう、ここにいます」

穏やかな声でユフィはリュミエルにそう告げた。リュミエルの視線がユフィから私へと移る。皆の視線がいつの間にか私に向いている。

「私がこれまで受け継いできた魔法の時代を終わらせます。そしてアニス様が築く未来と希望をこの国の民に手渡すために。それが私が王になる意味です。貴族の特権ではなく、

誰もが望めば魔法を手に取れる時代を築くために。その未来の礎として、私は最後の伝説になるのです」

「……誰もが望むだろう古き王権を興した上でそれを否定するの？　この子が築く新しい時代のために、古い時代の象徴として貴方が終わらせると？」

「それが私の果たすべき運命なのだと、そう悟ったのです」

「時代を変えるだけなら、貴方が礎になる必要はないんじゃないの？」

「必要はないかもしれません。でも、それではダメなのです」

ユフィが私の方へと歩み寄って、手が届く距離まで近づく。私を見つめる瞳には温かな優しさが込められている。

「アニス様だけでは、この時代を壊すことでしか変えられない。今までの価値観を否定して、その上に新しい時代を書き換えることでしか。それは――裏切りなんです」

「……裏切り？」

リュミエルが訝しげに眉を寄せた。そんなリュミエルに対してユフィが言葉を続ける。

「魔法は未来のための希望です。だから私たちは憧れられるのです。でも、救いである筈の魔法はアニス様を否定し続けた。魔法を与えず、新たに魔法として見出したものも否定して過去の栄華と伝統しか讃えない。これが裏切りだと言わずして何と言うのですか？」

急に視界がぼやけてしまった。何度か瞬きすれば視界が戻るけれど、またすぐに視界がぼやけてしまう。

ユフィが伸ばした手が私の頬を撫でる。ユフィの指の感触で、私は自分が涙を流していることに気付いた。

「私はこれ以上、魔法にアニス様を裏切らせたくない。私が魔法の天才だと言うなら、誰よりも私が示さなければならないのです。誰よりも信じさせないとダメなんです。魔法は憧れを抱ける未来への希望だって」

「ユフィ……」

「私が王になります。貴方の夢を、この国に広めるための王に。だから貴方は王になんてならなくて良い。貴方がなりたいものを目指して良いんです。私が誰よりも貴方を肯定します、アニス様」

――魔法が、私を裏切った？　……そうだね、裏切ったよ。魔法にこんなにも憧れてるのに私は魔法を使うことは出来なかった。

それでも憧れは止まらなくて、前世の知識を使ってでも魔法を解明しようとした。自分でも魔法が使えるように魔道具を作り出してみせた。それすらも否定されて、王族に相応しくないと言われて。苦しくなかった日なんてなかった。

期待することなんていつしか止めてしまった。誰に認められなくても良い。それでも私は魔法が大好きなんだ。……それで良かったんだ。

「もう、良いよ」

私は頬を撫でるユフィの手を取って、そっと降ろさせた。涙と一緒に心に淀んでいたものが落ちていく。悔しさ、哀しさ、怒り、恨み、辛さ。それが溶けていくようだった。

「もう、十分だよ」

だから、良いの。もう——私のために救おうとしなくて良いから。

「ありがとう、ユフィ。でも、ね？　——私は、大丈夫だから」

ユフィの顔が歪む。苦しげに、悲しげに、怒りすらも滲ませて。あぁ、ユフィもこんな顔が出来るんだなって、なんだかホッとした。

ユフィに人を止めさせるぐらいなら——諦めて良いよ。もう、本当に十分だ。

私が信じた魔法が、これからの人のためになるなら。私は王様になっても良い。それが私が望んだ形でなくても、これから多くの人に否定されても。

たった一人でも、私が誰よりも憧れたユフィが認めてくれた。もう十分じゃないかな。

私はもう十分報われたよ。もう、だから良いんだよ、ユフィ。

私がそう言ったところで貴方が納得しないこともわかるんだよ。でも、だからね。

「ユフィ。私は譲らないよ。でもユフィが譲れないのもわかる。だから、勝負しよう。それで私に負けたら——王になりたいなんて、もう二度と言わないで」

私はユフィを突き放す。離れた距離は私の拒絶を表しているようだった。

ユフィは私を救わなくて良い。もう十分すぎる程に救われた。私は大丈夫。立っていられるから。私は、私の魔法を信じられる。どんなに辛くても苦しくても、負けない。

だから、貴方に全てを喪わせてしまうことと引き換えになんてさせない。

「言い合っても譲らないんでしょ。だったらもう、決闘でも何でも良いからやって決めるしかないでしょ。それでしかお互いが納得出来ないなら」

「……わかりました」

「ユフィリア⁉」

「貴方たち、何を言ってるのですか⁉」

「父上、母上。貴方たちの言葉でも聞けません。お互い、譲れないんです。だったら譲らせるしかないんですよ」

止めに入ろうとする父上と母上を制して私はユフィを見据える。私の言葉に同意するようにユフィの瞳には強い意志の光が灯っている。

「私は、貴方を王にしたくなどないのです」

「私は、貴方に全てを捧げさせたくない」

「平行線ですね」

「それでは――」

「――決着をつけよう」

私は魔法の才能どころか、頭の良さでも、政治の駆け引きでもユフィに劣っている。

それでも私は王女として生まれた。直系の王族として、王位を明け渡す訳にはいかない。

王位を得るために相手が自分の存在を賭けようとしているなら尚更だ。

私のために犠牲になる必要はないんだ。私は十分すぎるほど救われているんだから。

＊　＊　＊

アルくんと向き合った場所で、今度はユフィと私は向き合っている。

私の両手にはマナ・ブレイドが、ユフィの手にはアルカンシェルが握られている。

私たちの戦いを見届けるように皆も外に出てきた。でも、私は意識をすぐにユフィへと向けてしまう。どうしてこんなことになったんだろう、と思う気持ちもある。

あの日、夜間飛行のテストで偶々飛び込んでしまった学院の夜会会場。そこで出会ったユフィは茫然と立ち尽くして泣いていた。

今、私の目の前に立つユフィにその頃の面影は感じられない。氷のように冷たく、刃のように鋭い気配を纏っている。その気迫に少しでも気を抜けば呑み込まれてしまいそうだ。

「……ユフィ。最後にもう一度だけ聞くよ。考えを改めない？」

「私は必要だと考えています。古い時代を終わらせるには、古い時代の全てを受け継いだ上で終わらせなければならない。それは誰かが背負わなければならないのです。アニス様が新しい時代を背負うように、古い時代を背負う誰かがいなければ」

「だから人間を止めても良いって？　自分が背負って良いって？　そんなお節介、してもらわなくても私はこの国を変えられる」

「変えるだけなら出来るでしょう。ですが、アニス様だけでは古い時代を壊すことでしか終わらせられない。誰かが貴方の描く未来と、この国が築いてきた過去を結ばなければならないのです」

「だからって、ユフィを犠牲にすることなんて認められない！」

私の感情の高ぶりに合わせてマナ・ブレイドの刃が展開される。苛立ちにも似た気持ちをそのままに、私はユフィを睨む。

それでもユフィは少しだって揺らいでくれない。ただ真っ直ぐに視線を返すだけだ。

「私だって貴方を国の犠牲にしたくない。それは本来、貴方が背負うべきものじゃなかった。私の不始末が、貴方に要らぬ重責を背負わせたんです」

「アルくんのことを言ってるならユフィの責任だけじゃない！　元を辿れば私が悪かったんだ！　責任を負うべきは私なんだ！」

「どうして貴方一人で、国が積み重ねてきた歪みを正さなければならないのですか？　それこそ貴方が一人で背負うべき責任ではないのです」

ユフィが私を真っ直ぐ見つめながらアルカンシェルの切っ先を向けて構える。

「私は魔学の価値を認めています。何より傍にいて、その可能性を感じてきました。貴方はこの先、国の未来を築いていくためには欠けてはならない存在なのです。アニス様の夢や心も含めて、全てが必要なのです。だから私は貴方に負ける訳にはいかない！」

「なんで……？　どうして、そこまで言えるの……？」

「貴方が魔法への希望を諦めてしまわないために必要なんです。魔法が貴方を救わないなら、貴方は魔法を諦めてしまう。自分のためにではなく、国のために費やしてしまう。民は救われても貴方は永遠に救われない。貴方が信じたかった魔法は失われてしまう」

「そんなこと……ない」

咄嗟に出かけた否定の言葉は、自分でも弱々しくて。ユフィが畳みかけるように続ける。

「いいえ、そうなのです。確かに今の魔法では貴方の理想には届いていないのかもしれません。精霊によって齎された魔法は、人の願いの映し鏡でしかなかったのですから」

「ユフィ……！」

「アニス様、私は信じているんです。きっと貴方の理想の魔法はもっと高く飛べる、と。あの時、空を飛んで見せた貴方は既に証明しているんです」

ユフィの髪がふわりと揺れた。まるでユフィ自身の魔力の昂ぶりを示すように。

「魔法と貴方の理想。それは決して啀み合うものでも、反発し合うものでもないのです。手を取り合って未来に進んでいけるのです。だからこそ古き時代に終わりを！　この国に新たな未来を！　貴方に寄りそう魔法使いの代表として、貴方の描く理想を肯定するために！　まだこの国は貴方に未来を手渡すには早すぎて、貴方の理想は若すぎる！」

ユフィの瞳が燃えているようだった。潤んだ瞳が揺れながらも、瞳に込められた意志の光が炎のように見える。

「いずれ貴方の時代が来る。貴方が望まれる時代を私が築いてみせます。その時代を私は貴方と生きたいのです」

「だからってユフィを犠牲にしてまで、自分の理想を叶えたいなんて思えない！　そこまでしてもらわなくたって良いんだよ！　私は――」

「──私は大丈夫などと！　言わせません！　大丈夫じゃないから、今！　貴方は泣いているんじゃないですか‼　大丈夫と言い続けないと、大丈夫じゃないからッ！」

「──言わないでよ……ッ！」

「いいえ、何度でも言います！　大丈夫じゃないのに大丈夫なんて言わせない！　貴方が私にしてくれたように！　何度だって！　私は貴方の手を取ります！」

──お互いの間に、風が吹いた。

お互いの意見は平行線で、決して交わることはない。互いが大切なのに、とても遠い。

そんな離れた距離を詰めるように、私たちは互いに踏み込んだ。

ユフィの意識を刈り取ろうと最速で振るったマナ・ブレイドに合わせるようにユフィがアルカンシェルに魔力を纏わせて防ぐ。

互いの魔力刃が噛み合い、削り合った魔力が火花のように弾ける。互いの体勢は崩れない。けれどユフィのアルカンシェルが一本なのに対して、私のマナ・ブレイドは二本だ。弾かれていないマナ・ブレイドをユフィの首を目がけて振り下ろす。

その一撃をユフィは踊るようにステップを踏んで、寸前で躱す。刃との距離は指先ぐらいの隙間だけ。最小限の動きで回避したユフィが再びステップを踏んで、アルカンシェルが上段から迫ってくる。

私は反射的に地面を蹴って、後ろに跳ぶ。けれど、それを失敗だと気付いたのはユフィの魔法が発動したのを目にした時だった。

「〝エアニードル〟！」

刺突に合わせて放たれた空気の針を私は横飛びに回避する。ユフィは逃げ回る私に対して、一息に乱れ突きを虚空に放つ。

無数のエアニードルが地面を抉っていく。私は体勢を立て直してユフィの周りを旋回するように走って回避する。

ユフィの呼吸が途切れてエアニードルの弾幕が止まった。その瞬間に合わせて私は懐に飛び込むように強く踏み込む。

「ッ――――ッ！」

首を狙えば意識は刈り取れるかもしれないけれど、的が狭すぎる。なら狙うのは胴体。

横薙ぎにしたマナ・ブレイドはアルカンシェルによって防がれる。

また弾き合うように互いの刃が離れる。その反動の勢いを利用してもう片方のマナ・ブレイドを振るう。これは当たったと思った瞬間、ユフィが地を蹴って身を捻るようにして飛んで回避する。その動きはどう考えても重力に逆らっているとしか思えなかった。

（――ッ、浮いた⁉　飛行魔法の応用⁉）

　思いもよらない動きにこっちの対処が遅れる。ユフィはそのまま空中で回転して、横薙ぎにアルカンシェルを振る。

　私はマナ・ブレイドを掲げて防ぐも、魔力刃が思った以上に重たい。反発し合う魔力は互いの刃を突き抜けてしまいそうで、鍔でアルカンシェルの実体の剣と噛み合わせるように受け止める。

　地に足をつけたユフィと鍔迫り合いのような格好になって、互いに睨み合う。ユフィは今まで見たことのないような必死な形相で歯を剝き出しにしている。そんなユフィを見て咄嗟に叫ぶ。

「なんで、そんなに……必死になってまで――ッ‼」

　アルカンシェルを弾き、感情に任せるまま刻印紋に魔力を叩き込んでドラゴンの魔力を引き摺り出す。その魔力を魔力刃に込めてユフィに叩き付ける。

　こちらの方が手数は多いのにユフィの立ち回りは巧みだ。それはしっかりと基礎を固めて修練を繰り返した動きだからなのは理解出来る。私とユフィの根っこにある剣術の基礎は同じだから。

　正統派のユフィに、冒険者の経験もあって型外れの私。それでも基礎が同じなら互いの間合いは似てくる。

だからなのか、何度も剣を交える毎にユフィの研鑽が伝わってきてしまう。本当にユフィは努力して生きてきたんだと。

これまでユフィは決められた生き方しか出来なかったのかもしれない。それは恥ずべき欠点なのかもしれない。それでもユフィは一生懸命に生きてきたんだ。

それならユフィは報われるべきだ。頑張った子が報われないなんておかしいから。

「だから、良いんだよ……！　私は、大丈夫だからッ！」

「――同じ言葉を、そのまま返します！」

今度はユフィがアルカンシェルを叩き付けてくる。切り結びながら零れてしまった私の言葉にユフィは言葉を叫ぶ。

「私は大丈夫です！　犠牲だなんて思ってません！　それよりも私は！　貴方が傷つくとわかっていて王位を継がせることの方がもっと許せないのです！」

「それが私の義務だって言ってるでしょうが……！」

「その義務を今まで貴方に捨てさせていたのは私たちなのです！　今更拾い上げて義務を背負えなんて、認められないでしょう⁉　嫌だって言っていいんです！」

「それが嫌だって言ってるでしょうがぁっ‼」

ユフィの一撃を力任せに弾き飛ばす。拒絶するように距離を取って私は肩で息をする。

震えそうな手を強く握り締めることで誤魔化す。

「ユフィは報われるべきだ！　だってたくさん傷ついたじゃない！　どうしていいかわからないぐらいに傷ついて！　これから自由になって、生きたいように生きていいのに！　なんで私のために背負おうとするの⁉　もっと自分の幸せのことを考えてよッ！」

「どうして貴方は他人ばかり許して、自分を許していいと思えないんですか‼」

ユフィが怒鳴りつけるように叫ぶ。その叫びが痛いぐらいに私の胸に突き刺さった。

「貴方が不幸になることで悲しむ人がいるのに、それを貴方が大丈夫だと言って払い除けても！　その人が幸せになる訳じゃないんですよ！」

「じゃあ私のためになんて望むのは止めてよ！　痛いんだよ！　苦しいんだよ！　私のためになんて望んでない！　私の代わりなんてしなくていいんだよ！」

「――ええ、そうです。誰も貴方の代わりなんていないんですよ、アニス様」

今までの激情が嘘のように落ち着いて、ユフィは私に訴えかけるように切なさすら表情に浮かべて私を見ていた。

「貴方に代わりなんていない。誰が貴方に代われるというのですか？」

「……ユフィ」

「王になることは！　私にでも代われます！　でも貴方は唯一なのです！　貴方の発想も、

貴方の夢も、貴方の描く未来も！　それが王になることで失われてしまうぐらいなら、私はそんな王様など要りません！　——ただ、ありのままの貴方にいて欲しいのです‼」

叩き付けられるような想い。それは私の心に罅を入れていくようだった。私は頭を振り乱して悲鳴を上げるように叫んだ。

「やめてよ！　要らない！　そんなの……私が望んでいいことじゃないんだよ！」

「なら私が望みます！　貴方が自分を許して良いと思えるぐらい、貴方の望みを守り続けます！」

「ッ……！」

「王になりたいという思いが本物だと言うなら！　それが心の底からの望みだと言うなら、私を納得させてください！　貴方もそう言ったでしょう！　私を納得させると！　どうやって納得したら良いんですか！　貴方はこんなにも……傷ついているのに！」

「——違うッ‼」

これぐらいの痛みなら、耐えられるから。——だから、暴かないで。

これぐらいの辛さなら、平気なんだから。——だから、晒さないで。

これぐらいの悲しみは、忘れられるから。——だから、探らないで。

「——嫌い！　嫌い！　嫌い、嫌い、嫌いッ！　嫌いだ‼　嫌いなんだよッ‼」

誰が？　何が？　私は、何が嫌いなんだろう。訳もわからずに心が罅割れていく。悲鳴を上げて壊れていく。……でも、壊れていってるものはなんだろう？

心がぐちゃぐちゃになって、思考がバラバラになっていく。もうわからないんだよ。

「良いでしょ！　誰も傷つかないなら！　私が諦めれば、私が納得すれば、それで終わりなんだよ！　終わりでいいでしょ！　なんで、なんでそんなに追い詰めるの⁉　私のためにって、ユフィは私のことを本当に傷つけたくないって思ってるの⁉　なら止めてよ！もう良いんだよ！　もう十分だ！　十分すぎる程、想ってもらったんだ‼」

だから、お願いだから、もう諦めてよ。私を諦めて。私はもういいから。

「私は、貴方についた傷がどのように痛むのか知りません。その傷に寄りそうことは出来ても、その傷を癒(いや)すことは出来ないかもしれません」

ユフィは静かに語る。でも構えを崩すことはない。それは彼女が諦めていない証拠だ。

「私は貴方を傷つけるものが許せない。貴方が傷の痛みで諦めてしまうことが許せない。貴方の夢を手折ろうとする世界が許せない。でも、まだこの世界は貴方がいるだけで否定しようとする。そんな世界を変えたい。そんな思いが貴方を傷つけると言うなら……」

ユフィはそっと息を吐いた。穏やかな笑みを浮かべて、私だけを真っ直(す)ぐ見つめている。

そしてユフィが告げる言葉が私の心に傷を刻みつけていく。

「私だけが貴方の傷になれば良い。貴方に諦めさせない傷跡に。私がつけた傷なら償うことが出来ます。恨むなら恨んでくれても良いんです。恨みを超えるための努力を私は惜しみません。貴方に恨まれても、憎まれても、何度だって――貴方の幸せを願い続けます」

澄み切った表情で、一切の曇りもなく。心を切り裂いてしまう程の想いを彼女は伝える。

「貴方が泣いたって、諦めようとしたって、私が許さない。それが私に夢を魅せた貴方の責任だと私は貴方に押し付けます、アニス様。――幸せになって欲しいんです。貴方にはこの世界で誰よりも」

――あぁ、なんて酷（ひど）い人なんだろう。

心に穴が開いてしまったように力が抜けそうになる。固く握り締めていたマナ・ブレイドを落としそうになってしまう。

狡（ずる）いよ。私が何をしたって譲らないって言うなら、もう私にユフィを止める言葉はないんだよ。そこまでして、私を幸せにしたいなんて。

痛いよ。痛すぎて、泣いてしまいそうだ。目の奥に熱が溜（た）まっていって、涙が浮かびそうになる。それを振り払うように目元を拭う。

「――〝架空式・竜魔心臓〟」

全身にドラゴンの魔力を満たしていく。身体が軋んで悲鳴を上げそうになる。涙が溢れ落ちて止まらない。力が抜けていきそうな手を強く握り締めて、ユフィを睨み付ける。――まだ、この心を折る訳にはいかない。

だって私はまだ全力で立ち向かった訳じゃない。だから、頷く訳にはいかないんだ。

「やっぱり言葉じゃ納得出来ない。なら、これを受けきれるんだよね⁉　退くなら今だよ⁉　死んだら許さないし、一生恨む！　私だって譲りたくない！　ユフィが絶対苦しむ道になんて進ませたくない！　だから貴方には――負けられない！　負けたくないッ‼」

マナ・ブレイドが軋んだ音を上げる。だけど壊れはしない。アルくんの時には破損したけど、今回は二本に負担が分散されている。その分だけ威力を上げられる余裕もある。ヴァンパイアになったアルくんにさえ行動不能に近い致命傷を与えることが出来たんだ。これをユフィがまともに受けたら――本当に、殺してしまうかもしれない。

祈るように、どうかここで退いて欲しいと願う。けれど、わかっている。迷いのない顔で私と向き合うユフィが絶対に退かないなんてことも。

「――貴方の涙を止めるために必要なら、私は負けません。全てを受け止めます」

「――嘘つきは、嫌いだよッ！」

私は今出来る最大の一撃をユフィに放つ。ドラゴンの魔力が注ぎ込まれた魔力刃はどんどん膨れあがっていき、形が維持出来ずに爪のような形を取る。

一瞬の躊躇い、その躊躇いを振り切るように私はマナ・ブレイドを振り抜く。受け止めるつもりなら、受け止めてみせてよと願いながら。

迫ってくる魔力刃を見据えながら、ユフィがアルカンシェルを正面に構える。その瞳に光が灯る。赤、青、黄、緑、紫、白、まるでプリズムのように反射する。

その瞬間、ユフィの周囲を取り巻く魔力が威圧感を増していく。

「――集いて、混ざれ」

ユフィの声が聞こえる。まるで感情が失せたような無機質さを伴った呟きが。

「――混ざりて、成れ」

ユフィの魔力の質が変質していく。それを肌で感じてしまう程の変化だった。アルカンシェルを中心に集まっていく力が渦を巻き、まるで風が鳴くようにざわめき出す。

アルカンシェルに光が灯った。灯った六色の光は吸い込まれるようにしてアルカンシェルに溶けていく。そして――虹色の魔力刃が花開くように展開された。

「──アニス様！」

私の名前を強く呼ぶユフィの声が聞こえる。虹のような輝きを宿した瞳が強い意志を込めて私を見つめている。

その瞳に私は目を奪われてしまう。この瞬間だけ、私とユフィしか世界にいなくなってしまったかのような錯覚が私を襲う。

「これが貴方の示してくれた私の力で、夢見た未来そのものです！　貴方が幾ら諦めようとしたって、私が示しますから──！」

ユフィが力強く宣言する。それはきっと、未だ誰の手にも届いていない領域。過去の精霊契約者でさえ辿り着けていない。

最古の伝説と、最新の偉業が結びつくことで生まれた結晶。

誰よりも魔法の頂点に近い彼女だからこそ生み出せた幻想、その夢が形になったものが私の前に現れる。

虹色の光は更なる収束を果たして結晶のように輪郭を得ていく。まるで、〝精霊石〟で作り上げられたような〝虹の剣〟。

ユフィは眩く輝き出した虹の剣を掲げて、真正面から私の放った魔力刃の一撃に向けて振り下ろした。

「――〝アルカンシエル〟」


かつて私が贈った、彼女の手にある魔剣と同じ名がユフィの声によって紡がれる。

そして視界が閃光で焼かれた。眩いまでの光の中で――私は、虹を見た。

虹の光が猛然と迫るのと同時に、私の意識は光に押し流されるようにして途切れた。

＊＊＊

途切れてた意識が戻ってくる。瞼の裏には、意識が途切れる直前の虹が焼き付いている。

ゆっくりと目を開く。まず最初に広がったのは青空だった。私は仰向けに倒れて転がっているのがすぐにわかった。

一体、どれだけ意識が途切れていたのかわからない。両手に握っていた筈のマナ・ブレイドはなくて、私は視線を彷徨わせてしまう。

「……アニス様」

そこに膝をつくように腰を下ろしたユフィが見えた。

ユフィの手には、私が握っていた筈のマナ・ブレイドがあった。アルカンシエルは鞘に収められていて、何が起きたのかを私は理解する。

……あぁ、私、負けたんだ。その実感が襲ってきて、私は脱力してしまう。今まで身体にどうやって力を入れていたのか思い出せないぐらい、力が入らない。

「……ユフィ」

「はい」

「……凄く、綺麗だった」

脳裏に今でも残る虹のような光。思うことはただ一つ——とても綺麗だった。

あの光は、私では生み出すことが出来ない。それを認めてしまった時、私の目から涙がボロボロと落ちていった。

あの美しい虹が見れたことが嬉しいと感じてしまう。だからこそ、実感してしまう。

この国の貴族たちが、魔法使いたちが追い求めてやまないのはあの光なんだ、と。

「勝てる訳……ないじゃん……」

ただ強いだけなら、私だって負けるつもりはなかった。

——でも、あれは祈りそのものだった。世界に捧げた尊い思い。それが描き出された一撃。美しいものを見たんだ。魔法の存在を知った時のような、憧れを思い出す程に。

「……ユフィ」

「はい」

「……狡いよ」

「はい」

「……狡いよぉ……！」

私だって、そんな魔法を使ってみたかった。妬ましくて、悔しくて、恨めしい。

私が欲しかったものを全部持っているユフィが、こんなにも憎くて堪らない。

「アニス様。貴方が、私をここまで至らせてくれた」

けれど、ユフィは言う。私の手を取って、優しく包み込むように握りながら。

「私一人じゃ届かなかった。私一人では世界をこんなにも愛せなかった。貴方がいる世界だから——世界は、こんなにも美しい」

ユフィが私の手を引いて、起き上がった私を捕まえるように抱き締める。

「貴方がいる世界がこんなにも美しいから。今、生きているこの日々をなくしたくない。貴方も美しいと思ってくれるなら、どうか……——自分のことも愛してあげてください」

すっかり穴を開けられていた心に、その言葉はあまりにも染みこんできた。拒絶したいと身構えても、無駄な抵抗でしかなくて。私は、受け入れるしかなかった。

「ユフィ……わ、たし……私……」

「はい。聞いていますよ」

「ごめんね……！　私……大丈夫じゃない……！　大丈夫じゃいられないよぉ……！」

無理なんだ、私には無理だよ。あんなに綺麗な〝魔法〟じゃないと皆が納得しないって言うなら私には成し遂げられない。あの綺麗さが皆が望む王なら、私がなれる王なんて歪の固まりに過ぎない。

認めてしまったんだ。ユフィの方が、ずっとずっと優れている。皆に迎えられる王様になれるって。

でも、でもね？　自惚れていいのかな……？　ユフィがそこまで来れたのは私がいたからなんだって。私の魔法が貴方をそこまで輝かせたと言うなら。

──私、それで良いかな？　それで私が義務を果たしたことにして良いのかな……？

「アニス様、言ったでしょう？　いつか貴方が望まれる時代が来る、と。別に貴方一人で届かなくても良いんです。私が貴方の手を引きます。私には必要なんです──他の誰でもない貴方が」

……浮かんだ思いに、どんな名前をつければ良いのか私にはわからなかった。子供のように泣いてユフィに縋り付く。取り繕えなくて泣いて、今までの全部を吐き出すように泣き声を上げ続ける。

その間、ずっとユフィが私の背を撫でてくれた。その手の感触が私を救ってくれるようだった。そうとしか思えず、私は込み上げてくる衝動に身を任せた。

……それから一体どれだけ時間が過ぎたのか。ようやく落ち着いて、ユフィに手を引かれるように立ち上がらせてもらう。

私が立ち上がると同時に私に母上が駆け寄ってくる。だけど、私に手が届く前に足を止めて、伸ばしかけた手と視線を彷徨わせた。

そんな姿を見て、私はユフィに手を離してもらって母上の前に立つ。母上は私と目が合わせられないというように俯いてしまっている。

「……アニス、私は……」

「母上。……ごめんなさい。やっぱり、私には……王様になるの、無理そうです」

上手く笑えなくて、困ったような変な笑顔になったけど。それでも母上には笑って言えたと思う。申し訳なさが胸いっぱいに広がって、また泣きたくなる。

「不出来な娘で……ごめんなさい」

「──それなら貴方は、私を不出来な母だと責めるべきよ！」

私の謝罪が母上の怒りに火をつけてしまったのか、母上の声が大きく響き渡った。

「娘の本音も引き出せず、支えにもなれない無力な母だと貴方は私を恨むべきだわ！」

「母上、そんな……だって、私が……」

「貴方が魔法を使えないのは誰の責任だと言うの⁉　貴方の責任じゃないでしょう⁉　なのにずっと背負えと言われて辛くない筈がないでしょう⁉　わかっていたのに、私は王族の務めだからと諦めさせたわ……！」

「……それでも、私は母上の娘ですから」

私は堪えるように震えている母上を抱き寄せた。私が許されたかったように母上も許されたかったんだとわかったから。だから、もう良いの。

「私は、母上たちに胸を張ってもらえるような娘になりたかった……」

「アニス……？」

「私が魔法を使えるようになれば、そうすれば胸を張って娘だと名乗れると思って……」

「ッ、貴方は……！　そんなことを……！　なんで……どうして……！」

母上が言葉にならずに、背に手を回して震えている。その小さな身体を強く抱き締める。

「……ごめんなさい、母上。愛されてるってちゃんとわかってるから、だから苦しかったんです。まともに生まれられなかった私には、こんな生き方しか選べなかった……」

「貴方は……どうして……そんな……！」

「母上が、私が魔法を使えないことで自分を責めるのが……苦しかったから」

　私の言葉に母上が顔を上げる。驚愕の表情を浮かべていた母上は、やがて傷ついたように表情を歪めて、けれど一度強く奥歯を噛んでから顔を上げ直す。

「何が不出来な娘ですか。貴方の、どこが不出来だと言うのですか。私には勿体ないぐらいの……立派な娘ですよ」

「母上……」

「私が頼りなくて、何も言えなかったのね。言わせてあげられなくてごめんなさい。許しを請うのは私の方よ」

「私は母上に謝って欲しい訳じゃない」

「ええ、それもわかってるわ。だからこんなにも苦しいのね。でも、ここで逃げたら貴方の母親なんて名乗れないわ。アニス」

　母上が私の抱擁を解いて、私の両手を取った。その時、母上が浮かべていたのはとても穏やかな表情。涙が一筋だけ流れていくのがとても印象に残ってしまう。

「……貴方の本音を聞けて良かったわ。アニス。国王になんてなりたくないのね？」

「……はい」

「代わりにユフィが国王になるのも、辛いのね？　犠牲にしているように思えるから」

「はい……」

「それなら貴方は貴方らしく、この国を助けて頂戴。きっと、貴方ならそれが出来るわ。やっぱり王になりたいなら頑張りなさい。王にならなくても、国の助けになる方法は貴方なら幾つでも思いつけるわ。だから自分らしさを信じなさい。貴方の自分らしさは、貴方の何よりの力よ。ずっと助けられていた私が言うのだから、保証するわ」

「……母上……！」

「ずっと、ずっと頑張ってきたものね。でも、もう一人で頑張らなくてもいいのよ」

その言葉に私は、また涙が込み上げてくるようだった。母上の首に縋るように抱きつく。

母上は私を強く抱き締めてくれる。

それだけで十分だった。ここまでずっと生きてきたことが報われた気がした。

王族であることの価値ではなくて、私が認めて欲しかった私の価値を認めて欲しい人に認めてもらえたような気がしたから。

そんな私をユフィが見守ってくれているような気がした。それがどうしようもない程に救いのように思えた。

9章　仮面は剝がれ落ちて

　母上に泣きついた後、落ち着いて話すためにも、今後についての話し合いは後日にすることになった。

　その夜、私は自分の部屋を出て目的の場所へと向かっていた。向かうのはユフィの寝室。今日は色々なことが起きて、正直頭が破裂しそうなほどに悩んでしまったけど、結果としては良かったのだと思う。

　全てを捨ててでも私のために、と言ったユフィの気持ちを疑った訳じゃない。でも私がユフィの気持ちを受け止めるには、もう少し言葉を交わす必要があると思う。

　──私には誰にも打ち明けてこなかった秘密がある。でも、ユフィになら話しても良い、と思えた。ユフィには全部知っていて欲しいって。

「……ユフィ？　まだ、起きてる？」

　ユフィの寝室のドアを控え目にノックしてみる。控え目なことが私がまだ及び腰になってしまっている表れのようで恥ずかしい。

反応がなかったら日を改めよう、と踵を返そうとしたところにユフィの声が返ってきた。

扉を開けて寝間着姿のユフィが顔を見せてくれる。

「アニス様？」

「あ……ご、ごめん、こんな時間に」

「いえ、構いませんよ。中に入るなら、どうぞ？」

ユフィが招き入れてくれたので私も部屋の中に入る。そのままユフィはベッドの縁に腰を下ろした。自分の隣へ招くようにベッドを叩くので私はそこに腰掛けた。

「ありがとう、その、時間をくれて」

「いえ。アニス様とは色々と話すべきだと、私も思っていましたから」

ユフィが穏やかにそう言ってくれたので、私も少し緊張が解れた。だけど、それでもなかなか言葉が出て来なくて黙り込んでしまう。

その間、ユフィはずっと静かに私が喋り始めるのを待ってくれていた。その静寂の時間も、なんだか心地良い。静寂に浸っていると少しずつ言葉が纏まってくる。

「まず、何を言おうかって考えてたんだけど……まずはユフィ、ありがとう」

「お礼を言われるようなことはしていませんが……」

「ううん。ユフィが王になりたいって決めたのは私のことを考えた上で選んでくれた答えなんでしょう？　だから……ありがとう」

　でも、と私は言葉を挟んだ。拳をちょっと握ってからユフィを見る。

「嬉しかったけど、素直には受け入れられなかった。私はこれでもこの国の王女だから。国としてはユフィの方が相応しいのかもしれない。精霊契約が叶えばユフィが女王でも良いのかもしれない。でも……最初から諦めるのは、王女として違うと思った」

「アニス様が王女であること……いえ、陛下と王妃様の娘であることを大事に思っているのは、私にも伝わってきました」

　ユフィは表情を引き締めて、そして静かに頭を下げた。突然頭を下げたユフィに私は目を丸くしてしまう。

「私は貴方が王になりたくない理由ばかりに目を向けて、貴方の気持ちを理解しきれてませんでした。申し訳ありません」

「い、いや！　謝って欲しい訳じゃないの！　私も、正直、ビックリというか……」

　謝罪するユフィを慌てて止めようとする私だけど、そもそも私はその話をしに来たんだった。いつまでも半端な態度を取ってユフィを困惑させてしまうのは本意じゃない。

　息を吸って、何度か深呼吸した。ユフィのお陰で緊張も少し解れた。完全に解きほぐすのは無理だけど、これなら伝えたいことをユフィに伝えられると思う。

「……私が王女であること——父上と母上の娘であることに拘ったのは理由があるの」

「理由、ですか？」

「私にはずっと秘密にしてきたことがある。誰にも打ち明けたことのない、私だけの秘密。それを知られることを私は何より恐れていた。それだけ重い秘密なんだ」

「……誰にも、ですか。それはイリアやティルティにもですか？」

「うん。誰にも言ったことない。……打ち明けようと思ったのは、ユフィが最初だよ」

そう言うとユフィは驚いたように目を見開いて、そして居住まいを正してから私に向き直った。その表情は引き締められていて、少し圧を感じる程だった。

「そこまで改まって言われるのであれば、心して聞かなければならないですね。今までアニス様は誰にも打ち明けるつもりはなかった、そうですね？」

「……うん。死ぬまでずっと抱えていくつもりだった」

自分を落ち着かせるようにもう一度、深呼吸をする。

「ユフィ、私の秘密を一緒に墓の下まで持っていってくれる？」

「はい、誓いましょう。貴方から打ち明けられた秘密は誰にも漏らさないと」

ユフィの真っ直ぐな視線が、真摯な思いから紡がれた言葉の響きが、私に最後の一歩を踏み出させてくれた。誰にも打ち明けないとずっと思っていた秘密を口にした。

「――私には、〝前世〟の記憶があるの」

震えそうになるのを堪えながら私は告白する。するとユフィは沈黙してしまった。

私の言葉をどう咀嚼したものか、という悩ましい表情を浮かべて黙っている。私は重ねるように言葉を続ける。

「……前世、ですか？」

「物心ついた時に思い出したんだ。私じゃない私が生きていた頃の記憶を」

「……すいません、いまいち何を言っているのかわかりかねます」

「えーと、なんて言えば良いのかな。私は私として生まれる前に、別の誰かとして生きていて、その記憶を、私として生まれた後に思い出したんだ」

「……そのようなことが有り得るのですか？」

「その証明が魔学だからね。〝魔法で空を飛ぼう〟って考えたんじゃない、〝魔法を使えば空を飛ぶことができる〟って確信してたから私は魔学を生み出したんだ」

「……つまり魔学の大元は、アニス様が思い出したという誰かの記憶にあったものということなのですか？」

「うん。前の世界を生きた記憶、つまり前世の記憶。この前世の記憶で私は魔学を考案したんだ。この前世って概念も、その世界ではよく認識されている概念でね、思い出した記憶の中の知識にあったんだ」

「……成る程。話を聞く限り、アニス様の思い出した前の世界というのはここよりもずっと発展しているように思えるのですが」

「まぁ、そうだね。否定は出来ない。その中で〝魔法〟は実在しないってことが前の世界とこの世界の一番の違いかな」

私がそう言うと、ユフィが目を見開いて驚きを露わにした。今まで見て来た彼女の反応の中でも一番驚いた表情かもしれない。

「魔法が実在していない？　単に魔法が発展していないという意味ではなく？」

「少なくとも私が思い出せる限りではね。でも、科学という学問や技術が魔法の代わりに発展していたんだ」

「魔法が存在しない文明ですか。……アニス様の魔学は前世の記憶の知識が元になってるのですよね？　つまり、魔法を使わずとも空を飛ぶようなことが可能な文明だったということですか……？」

「そうだよ？」

ユフィの表情が、有り得ない、という感情一色に染まってしまった。

私が嘘を言っているとは思わないけれど、想像がつかないという様子だ。そんなユフィに私は思わず笑ってしまう。

「別に不思議なことじゃないよ。魔法の代わりに道具を発展させてきたんだ。例えを出すと、馬車とかの移動手段がわかりやすいかな？」

「馬車ですか？」

「うん。前世では馬車は既に廃れていて、馬も魔法も必要とせずに自走する鉄の車が当たり前だった。それも身分がある人間だけじゃなくて普通の民が使うものとしてね」

「……馬を必要とせず、魔法も使わず自走する鉄の車……？」

「うん。あと私が空を飛べると思った理由なんだけど、飛行機って言う鉄の乗り物が世界中を飛び回ってたんだ。これもお金さえ払えば誰でも利用出来る乗り物としてね。想像がつかないかな？」

「……そう、ですね。そういうものを知っていたと思えば、納得が出来ます。ただ、それでも理解するのは難しいこともあります。魔法がない世界なら、アニス様の魔法に対する発想は一体どこから来たのかという疑問もあります」

ユフィが眉を寄せて、難しい表情を浮かべながら唸る。それに思わず苦笑してしまう。

「どこから、というか……そうだね、魔法は実在しなかったけど夢物語としてありふれた題材だったんだ。だからそれだけ願いや希望に溢れた話がいっぱいあったの。だから、もしもそんな存在しない力が実在したらなんて、想像力を働かせていたんだと思う」

「作り話だったからこそ、ですか？」

「うん。思わず引き込まれて、価値観が変わってしまうぐらい魔法への憧れだけは鮮烈に残ってたんだ。魔法を自分も使ってみたいって、想像でしかなかった魔法を実現出来るかもしれないって。それが私の始まりなんだ」

「私たち貴族のように、必要だから求められた魔法ではなく、御伽話のように自由に考えられた魔法ということでしょうか？」

「その解釈が一番近いかな。だから尚更、私にとって魔法は憧れの対象なんだ」

それが私の原点。魔法の存在を知り、空に手を伸ばして憧れてしまったあの日。

前世の記憶があったから魔法に強く憧れたのか、魔法に憧れたのをキッカケにして前世の記憶が蘇ったのか。今となってはどっちだったのかはわからなくなってしまったけど。

だから私は魔法に憧れ続ける。たとえ、それが叶わない奇跡なのだとしても。存在しているなら絶対に解き明かしてみせる。そして、自分が使える魔法を編み出してみせる。

そんな願いの勢いに任せるまま、今日まで走ってきた。

「――だから、怖くなったんだ……」

「……アニス様？」

「私が普通じゃないのは前世の記憶のせいだ。この記憶が私を魔法に憧れさせてしまう。止まれないぐらいに執着させて、それ以外全部どうでも良いって思わせてしまう」

私は自分の身体を抱くように手を回して俯く。そしてドロドロと濁った泥のような感情を吐き出していく。自分でも目を逸らしていた、この重い感情を。

「もし、私が魔法を使えない理由が前世の記憶のせいだったら。もし、前世の記憶を思い出したりなんかしていなければ普通の王女として、誰にも迷惑をかけない真っ当な王女としていられたんじゃないかって、考えちゃうんだ」

「何を言っているんですか……？」

「――私は、本当に〝アニスフィア・ウィン・パレッティア〟なの？」

それはずっと、私の胸の中に巣くっていた不安だった。

前世の記憶にある世界は今世と比べると奇妙なものばかりで、だからこそ影響を受けてしまう。バラバラだった自分がパズルのピースのように嵌まって、私は今の私になった。

前世を思い出しても、私は私だ。強く影響は受けても、私は自分をアニスフィア・ウィン・パレッティアだと思ってる。

でも、この事実を知った人から見た私は——一体、誰として見られるんだろう？

「私の中身は純粋な〝私〟じゃない。〝アニスフィア・ウイン・パレッティア〟として生まれた私は、今の私なの？　もし前世を思い出してしまった時に、本来はそこにいた筈のアニスフィアを私が消してしまっていたとしたら？　そう考えてしまうのが……怖かったんだ。私が、あの人たちの子供を——奪ってしまったんじゃないかって」

私の告白にユフィが息を呑んだような気配がした。私は吐き出した感情をもう止めることが出来ずに次々と溢れさせてしまう。

「魔法に憧れたのに、魔法が使えなかった。だから代わりのものが欲しかった。そうだ、ただ褒めて欲しかったんだ！　ちょっと変わってるけど凄いことが出来る、そんな証明が欲しかった！」

——ただ、怖かったんだ。このまま、この世界で生きていて良いのかわからなくて。

「想像出来る？　明日から違う誰かとして生きていくことになったら？　記憶も全部あるのに、それが自分の記憶だってちゃんと思えるのに、でも私は別人かもしれないの。父上と母上がそれを知ったらどう思う？　——こんな子供、気味が悪いと思わない？」

だから目を逸らした。こんなことを思っているなんて知られる訳にはいかなかったから。

誤魔化すように大丈夫だと言い続けた。私はただの変わり者の王女。嫌われても良い。

疑われないならそれで良い。異質だとしても、その異質の正体が暴かれないように。

私は自分の思い描いた理想像を仮面のように被るようになっていた。

それがいつしか自分なんだと、自分ですらも認識してしまう程に。

「それでも私は愛されてたんだ。だから裏切りたくなかった。でも、どうしても変にしか思われないのなら突き抜けるしかなかった。そう思ってしまった。私には頭の中の知識しか武器がなかったから。だから魔学を生み出したの」

「……それが、アニス様の抱えていた秘密ですか？」

「うん。意識したくなかったんだけどね。だって、意識し続けたら私は父上と母上の子供じゃいられなくなっちゃう、二人の子供を奪っちゃうって思うと怖くて。しかも、国の未来まで奪ってしまうかもしれなかったのに。考えれば考える程、怖くなったんだ……」

私はいつの間にか涙を流していた。それでもなんとか誤魔化そうとヘラヘラと笑う。

もっと冷静に話せたら良かったんだけど、無理だ。王女であらなければならない自分を自覚してしまったからこそ、私はこの〝罪〟を誰かに打ち明けたくて仕方なかったんだ。

「ヘンテコな王女様になるのは……楽だったよ。それが〝私〟になったんだ。変だって言われれば言われる程、自分を固められた。嘘も本当も全部混ぜて、私らしく見せられる自分を作り上げた。だから、何を言われても平気だった」

それが――もしかしたら、普通に生きられたかもしれない〝アニスフィア〟を奪ってしまった私に許された〝贖罪(しょくざい)〟だったから。

憧れだけじゃなかった。今まで走り続けてきたのは――何より自分自身を認められなかったから。

だから頑張れる自分が好きだと言った。――そんな自分を誰よりも罵りながら。

だから何を言われても平気だと思った。――当然の罵りだと受け入れるために。

だから魔法は素晴らしいと思い続けた。――それしか拠(よ)り所がなかったから。

偽りに混ぜて隠していた本音を曝(さら)け出すのは恐ろしかったけど、それ以上に解放された気持ちだった。ユフィの前では何も偽ったり隠さないと決めたから。

「ハッキリと罪だと意識したのは、私がアルくんを殺そうとしたって噂(うわさ)が流れた時かな」

「アルガルド様と仲違(なかたが)いしたという話の時ですか……？」

「うん。偽物(にせもの)の私が万が一にも次の王位に関わっちゃいけないって」

「…………偽物？」

「ただでさえ私は異質なのに、中身まで王女じゃないなら償いようもないでしょ？　だから遠ざけてたんだけどな。私が私であるせいで、全部滅茶苦茶(めちゃくちゃ)になっちゃった。だから尚更、王位を継いで償わないといけないって思ってた」

アルくんとの決別があってから私は意図的に笑顔を作ったり、馬鹿だと思われるような真似(まね)をしてきた。それがいつしか仮面になり、その仮面こそが自分の本音だと思い込む程に無意識に振る舞っていた。

その仮面が壊れ始めたのは、やっぱりアルくんがいなくなってしまったからだ。王位を継がなきゃいけないという可能性が偽った本音の仮面と、本当の私を乖離(かいり)させていった。

「私が前世の記憶なんか思い出しちゃったせいで滅茶苦茶にしちゃうから。魔法に憧れてるのは今でも変わらないし、父上と母上、アルくんだって愛してる。でも、愛してるからって私が偽物である罪は――」

――消えない、と言おうとした私の言葉が止まった。代わりに響いたのは頬を打つ音だ。

一瞬、何が起きたのか理解出来なかった。ただ頬が熱い。遅れて痛みが襲いかかってきた。少しだけ頭が揺れたような気もする。

何が起きたのか把握しようとして、腕を振り抜いたような姿勢のユフィが私を睨(にら)んでいることに気付いた。

ここに来て私は漸(ようや)く――ユフィに頬を打たれたということに気付くことが出来た。

「――貴方(あなた)は、馬鹿です。大馬鹿者です……！」

「ユフィ……？」

こんなに激怒したユフィは見たことがない。思わず腰が引けてしまいそうになったけど

ユフィが私を押し倒す勢いで掴みかかってきた。

勢いに負けた私はそのままベッドに倒れ込み、ユフィが馬乗りになるように私を覗き込む格好になる。

ユフィは姿勢を直して、私の上に改めて馬乗りになった後に胸ぐらを掴み上げる。その視線は鋭く、瞳が燃えているように揺らめいていた。

そんなユフィの瞳から涙が零れ落ちてくるのを私は呆然と見つめるしか出来なかった。

「――偽物なんて、そんなことがある訳ないでしょう！」

「え……？」

「全部、全部本物に決まってるじゃないですか！　貴方が、アニスフィア・ウィン・パレッティアです！」

一瞬、ユフィが何を言っているのか心の底から理解が出来なかった。けれど、浴びせるようにユフィは言葉を叩き付けてくる。

「貴き血を受け継いだ我が国の姫！　魔法を持たずとも魔法に代わる偉業をこの世に送り出した！　王族として変わり者であっても、それでも誰かを思うことを諦めずに貫いてきた！　そのどれもが本物でなくて何だと言うのですか!?」

「ユフィ……？」

「私に手を伸ばしたのは貴方です！　〝貴方じゃないアニスフィア王女〟なんかじゃないです。私をあの日、絶望から掬い上げてくれたのは貴方以外の誰でもないんです！　ここにいる貴方が私を助けてくれた！」

胸ぐらを摑まれたまま上下に揺すられる。ベッドから浮いた身体がもう一度、ベッドに沈められる。それだけ必死にユフィは私に訴えかけていた。

「ここにあるでしょう？　貴方が感じたこと、願ったこと、望んだこと、全部……！」

ユフィが胸ぐらを摑んでいた指を解いて、私の心臓の上をなぞった。その上にユフィの涙がぽたりと落ちていった。

「貴方が思う貴方が、私を想ってくれている貴方がここに確かにいるのに……偽物だなんて言わないでください」

「――、――」

「でも、苦しかったんですよね？　ずっと、ずっと。……その痛みは私にはわからない。わかるなんて言えない。でも、だからこそ言わせてください、アニス様」

ユフィが私の頰に手を添えて額を合わせる。互いの吐息が重なるぐらいに近づく。そしてユフィは万感の思いを込めるように言った。

「――貴方が、私にとって世界で一番の〝魔法使い〟です。だから胸を張ってください」

――その衝撃は言葉では言い表せない。ただ心が砕けそうだった。いや、もっと正確に言えば砕けそうなのは心じゃなくて、心を縛る鎖のような戒めだった。

ユフィの言葉が全部溶かしてくれた。私の心に蟠っていた、私自身ですら目を背けていた戒めを。締め付けすぎて、いつしか心と一体化していた枷を。癒着していたにも等しい戒めを解けば痛いに決まってる。泣き出してしまうに決まってる。

今、全部が許された気がした。いつからか許せなくなってた全部がもうどうでも良くなった。私が欲しかったものが今、この手の中に収まってる。その実感があるから。

喉が引き攣る。息が苦しい。視界が涙で一杯になって何も見えない。しがみつくようにユフィの身体を抱き締める。ただ叫びたくて、でも息が出来ない程に苦しくて。

藻掻くようにユフィを求めた。藁をも掴むような思いだった。絶対に放したくないと、この人が私にとって唯一で良い。息を繋ぎたくなる程に苦しくて、なのに幸福感が一気に押し寄せてきた。

「あり、がとう……！」

――救われてくれてありがとう。私を〝魔法使い〟にしてくれてありがとう。

〝王様〟になんてなりたくなかった。私はずっと〝魔法使い〟になりたかった。

灰被りのお嬢さんにカボチャの馬車を贈るように。誰かに幸せや笑顔を届けたい。そんな夢だった。手に入ると思ったのに届かなかった夢だった。

――だって私は悪い魔法使いだったから。国を混乱させて、誰かの笑顔を壊してしまうから。でも、そんな私でも、この手の中に貴方がいてくれるなら、私はなりたかった魔法使いになれるのかもしれない。

あぁ、ダメだ。お礼が言いたいのに呼吸もままならない。心の底から微笑んで、感謝を伝えたいのに苦しくて、ただ苦しくて。

――だから私の呼吸を塞いだのが何だったのかわからなかった。

柔らかくて、温かい。息をするのを思い出させるように息を吹き込んでくる。

それはユフィの呼吸だった。私たちの唇は重なり、互いの熱と息を交換する。

驚きは一瞬で、私は夢心地でそれを受け入れてユフィの背に手を回してしまった。触れ合う度に時間感覚が溶けてしまいそうで、堰き止められていた思いは涙と一緒に溢れ出る。

そして、どれだけそうしていたのか。ユフィがようやく私を解放した頃、私はただ呆然とユフィの顔を見つめながら一言、声を漏らした。

「……わ」

「……わ？」

「……わぁぁああ——……！　は、恥ずかしい……！　み、見るなぁ……！」

私は両手で顔を覆い隠してしまった。顔が熱くなって、火照(ほて)ってしまっている。顔から火が出てしまいそうだ。

いや、なんでユフィ、私にキスしたの？　私はなんであっさり受け入れちゃってるの⁉

自分の内から湧き上がってくる熱に振り回されていると、ユフィがまた上から降ってくるように距離を詰めてきた。その唇が私の唇に触れて、二度目のキスが奪われる。

「……ふふっ」

満足げに指で自分の唇を拭うユフィに心臓が鷲(わし)づかみにされたような衝撃を受ける。

あぁ、これ、ダメだ。完全にやられた。私はそんな諦めの思いから両手で顔を覆い隠す。

完全に真っ赤になってしまっているだろう顔を見られないために。

——私はこの人に、ユフィリア・マゼンタに本気の恋に落とされてしまった。

「な、なんでキスするのさ……馬鹿ぁ……！」

もう惚れた弱みだ。元から綺麗だとか可愛いとか思っていた顔が直視出来ない。優しく私を見つめる目と目が合わせられない。

恐る恐る手をずらしてユフィの顔を見る。ユフィは穏やかに微笑んでいるけれど、なんだか目が笑っていなかった。その目が私を見下ろして、搦め捕っていきそうな悪寒に私は背筋がゾッとした。

「したいと思ったからです。……アニス様、顔を見せてください。もう一回したいです」

「や――だ――っ！　というか、降りろ――ッ！　はーなーせ――っ‼」

ユフィが私の手首を摑んで逃げられないように固定してきたので私は暴れようとする。

いや、意外と力が強いねユフィ⁉

「し、したいって、好きになった相手としかキスはダメでしょ……！」

「――好きですよ」

耳元で囁かれたその言葉に、トドメを刺されそうになった。けれど、私は必死に逃げた。このまま状況に流されるのは大変よろしくない気がする……！

「そ、それは敬愛とか、友情的な意味でしょ！　絶対そうなんだからーっ！」

「貴方が望むなら忠誠でも、友情でも捧げますけれど。でも、この想いは私から生まれたものを貴方に捧げているだけなので、出来れば受け取って欲しいです」

耳元で囁かれた声に力が抜けた隙にユフィの腕が搦め捕るように私の身体に回された。視線を横に向ければ間近にあるユフィの潤んだ瞳に心臓がさっきから騒がしく鼓動の音を鳴らしている。

「――一方的で、自分勝手で、受け取って欲しいのに、受け取ってもらうのも怖い。本当に感情はままならないですね、アニス様」

それはまるで、私の内心を見透かしたような言葉で。まるで自分も同じだと言うように告げるユフィに次の言葉が奪われる。

三度目のキスは、思考が蕩けてしまいそうな程に激しい。しかもキスに乗じて何かが吸い上げられるように奪われる。

「ユフィ……まって……！」

「……嫌です」

唇を甘噛みするようなキスの息継ぎに抗議の声を上げる。その間にも抜き取られるように何かが抜けて行く。

抜かれているそれが魔力だと認識する頃には、魔力が抜けて行く喪失感と深い口付けによって抵抗が出来なくなっていた。なんとか息継ぎの合間に叫ぶ。

「ぷはっ！　ユ、ユフィ……！　ま、まってぇ……！　んんんっ――!?」

何度も制止の声を上げたけれど、ユフィは無視して私の唇と舌を吸い上げる。

脳ごと思考が蕩けてしまいそうな甘い痺れが何度も与えられる。次第に何も考えられなくなっていく中で、私はユフィに縋り付く。

底が抜かれたように奪われる魔力の感覚に引き摺られて、そのまま途切れていくように意識が闇に落ちていく。

「……？　アニス様？　アニス様⁉　アニス様、しっかりしてください⁉」

「きゅう……」

最後にユフィが私を慌てて呼んでいるような気がしたけれど、私は意識を手放した。

10章　自由な明日のために

「……何、遂に一線超えたの？　アンタたち」

「違うッ！　何もない！　何もなかったの！」

「説得力って言葉をご存じないのかしら？」

　朝、ビックリするぐらいの倦怠感に襲われて身動きが出来ずにいると、診断のために離宮を訪れたティルティにばっちりユフィと一緒に寝ているところを見られてしまった。

「……申し訳ありません、アニス様」

　そしてユフィは小さく縮こまって肩を落としてしまっている。本人曰く、何かが暴走してしまったらしく、私が魔力を吸われて意識が落ちた後、大変狼狽したらしい。

　ただ寝ているだけだとわかってホッとしたけれど、気が気でなくて眠れず、寝落ちした。

　それからティルティに起こされるまでぐっすり寝ていたらしい。せめてイリアが先に起こしてくれれば……！

「んー……刻印紋を使った時間は前よりも短かったらしいし、あまり酷くはなさそうね。

むしろ魔力不足の方が深刻なんじゃないのかしら？」

私の腕を取ったり、胸に手を当てたりしてティルティが診察していく。刻印紋の反動はアルくんの時に使ったよりも和らいでいたのか、動けなくなるという程ではなかった。

「反動の影響が少ないのは余分な魔力が抜かれたのも幸いしたのかもしれないわね、検証が必要ではあるけど。むしろユフィリア様の方がどうかしちゃったんじゃないの？」

「私が……ですか？」

「どうやってアニス様の意識が落ちるまで魔力を吸ったのよ？」

「あ、そういえばそうですよね？　どうやったんでしょう？」

ティルティの言葉にレイニも首を傾げた。魔力の譲渡は難しい。どんなに相性が良い相手でも酔いと似た症状を引き起こしてしまうので大量に摂取することは出来ない筈だ。なのに昨夜のユフィは私の意識が落ちる勢いで魔力を吸い上げた。はっきり言って普通のことではない。

「――それは、その子が至ってしまったからね」

ふと、ここにいなかった筈の人の声が聞こえてきて全員が声の方へと視線を向けた。

そこにはリュミエルがいた。ここにいるのが自然だと言うような、気配を一切感じさせなかった登場に冷や汗が浮かぶ。

「アニス様、こいつが例の精霊契約者？」

「こいつって……ティルティ……」

相変わらず遠慮がない態度のティルティに頭痛を覚えつつ、私は頷いた。

「……どことなくアニス様に似てると言えば似てるかしら？」

「は？　どこが？　髪色ぐらいでしょ」

「雰囲気は似てると思うわよ？　アニス様よりもあっちの方が何倍も性格がねじ曲がってそうだけど」

「言うわね、貴方。否定はしないけど、かつて魔女と呼ばれたこともあったもの」

「……魔女、ねぇ」

ティルティは怪しむようにリュミエルを睨む。リュミエルはその視線を気にした様子もなく平然としている。

「リュミエル？　ユフィが至ったって……つまり、そういうことなの？」

「ええ。おめでとう、と言うべきかしら？　新たな同胞さん」

リュミエルの歓迎の言葉は、つまりユフィが精霊契約を成し遂げてしまったということだ。でも、と思いながら私はユフィを見てみる。ユフィも私に視線を向けていたのでバッチリ視線が合ってしまう。

「……何も変わったように見えないけど？」

「見かけはね。それにユフィリアは元々、自分の欲求に消極的だったでしょう？　それは精霊契約の有資格者に現れやすい特徴なのよ」

「欲求に消極的？」

「精霊にとって人の肉体は器に過ぎないわ。人が生きる上で必要な欲求は精霊にとっては不要のものよ。ちゃんと意識しないと飲まず、食わず、眠らず……器の死に至る」

リュミエルの説明に私は背筋がゾッとした。前からユフィは自己主張が控え目な子だとは思っていたけれど、それがもっと酷くなるかもしれない？

「まぁ、例外があるから、それがある間は大丈夫でしょう」

「例外？」

「人が生きるために渇きと飢えを満たすように、精霊契約者にも求めるものがあるのよ」

「……魔力ね？」

ティルティの答えにリュミエルは正解だと言うように頷く。だからユフィは昨夜、私の魔力を吸い上げたのか。

「勿論（もちろん）、魔力にも相性はあるけれど……そこまで満たされてるなら運命の相手と言っても良いんじゃないかしら？　お似合いよ、貴方たち」

「う、な、にゃ……！　な、ななな、何を言ってるのよ⁉」

リュミエルの言葉に私は一気に顔の熱が上がって真っ赤になってしまう。そんな私の反応を見たイリアは処置なしと言わんばかりに肩を竦(すく)め、レイニは苦笑、ティルティは半目で私を見ていた。ユフィは少し照れくさそうだけど、嬉(うれ)しそうに微笑(ほほえ)んでる。

ユフィが微笑んでるのは癪(しゃく)に触ったので、思いっきり頬を引っ張ってやった。

「まぁ、貴方たちは大丈夫でしょう。貴方たちなら私たちの失敗は繰り返さない」

「……リュミエル？」

「この国に魔法という絶対的な権威はもう必要ないのよ。新しい時代とはよく言ったものね。アニスフィア、貴方がいればその子は大丈夫よ。貴方が道を踏み外さない限りはね。それもユフィリアがいれば大丈夫でしょう。お互いに支え合える、そういう意味でもお似合いだと思うわ」

「……私、そんな大袈裟(おおげさ)な存在じゃないよ」

「いいえ。稀人(まれびと)はね、英雄の資質を持つのよ。精霊と共にある魂はどうしても世界の在り方を受け入れやすい傾向にあるわ。それがどんな悪政の世の中であってもね。でも、稀人は違う。稀人の寄る辺は己にあるもの。だから揺らがず、信念を貫ける。世界に時折現れる稀人はそうして時代を変えていったのよ」

愛おしそうにリュミエルは私を見て言った。まるで私を通して誰かを見ているような気がする。その視線が何を意味するのか悟りかけて、私はつい問いかけてしまった。

「私の他に知ってる稀人って……リュミエルにとって大事な人だったの？」

私の問いかけにリュミエルが一瞬、固まる。それから肩を震わせてケラケラと笑い出した。目に浮かんだ涙を指で拭いながらリュミエルは言う。

「えぇ、私と同じ、貴方たちのご先祖様でもあるわ」

「ご先祖……って、それって」

ご先祖様と名乗るからには彼女が私たちの先祖を産んだ訳で。つまり、それは伴侶がいたことを意味する。精霊契約者で不老不死だとはわかっていても、リュミエルの外見は私と同年代の少女にしか見えないので違和感が凄い。

そんなことを考えながらまじまじとリュミエルを見る。彼女は笑ったままだ。でも、いつもの笑みとは違う。どこか懐旧が含まれているような気がする。

「いい人だったわよ、とてもね。ずっと一緒に生きることが出来たら、そう思うこともあった。でも、私たちの生きる時間は絶望的に異なっていた。私が国に残っていても良いことなんてなかったし、別れは寂しかったけれど……出会えて良かったわ、本当に」

「……リュミエル」

「私はキッカケを作って、あの人を支えただけ。今の王国があるのは私のお陰というよりあの人のお陰なのよ。真実を知った貴方たちだけでも……どうか、覚えておいて頂戴」

リュミエルの言葉に私は自然と頷いていた。ユフィたちも同じように神妙な表情を浮かべている。

それにしても国を作ったのは精霊契約者の初代国王で、王国の基礎を固めたのが魔法を使えない稀人って言うのは一体、どんな皮肉だと言うんだろう。

「稀人……まさに稀な人ってことなのね。良い存在なのか、悪い存在なのか……」

「どっちでもある、が正しいでしょうね。まぁ、アニスフィアは私が見てきた稀人の中でも更に変わり種みたいだけど。あの人ともまた違うわ」

「……そうなの？」

「ええ。まるで、ここじゃないどこかが見えているような……そんな気がするわ」

ぎくり、と私は身を竦ませてしまった。僅かにユフィも警戒の色を見せ出す。私の前世にリュミエルは勘づいているのかもしれない。出会って間もないというのに、本当に油断ならない人だ。

「精霊契約者が生まれてしまったからには仕方ないわね。暫く観察がてら王都に留まるわ。貴方たちの行く末も気になるもの。せいぜい頑張ってみなさい、子孫たち」

　それだけ言うと、つむじ風が部屋の中に吹く。目を閉じてしまったのは一瞬、その間にリュミエルの姿は影も形もなくなってしまっていた。

「……何よ、あれ。魔女って言うのもあながち冗談じゃないのかもね。こんなに怖いって思ったのは初めてよ」

　ティルティは腕をさすりながらぽつりとリュミエルへの感想を零した。イリアとレイニも少しだけ顔色が悪い。

　そんな印象深いリュミエルがしっかりと宣言したこともあって、ユフィが精霊契約者に至ったことが私たちの間で認識されることになった。

「……精霊契約も叶ったってことはユフィリア様は王家の養子になるんですか？」

　場の空気を取り成すようにレイニが疑問を零した。

「陛下たちのご判断次第ですが……仮に反対されても説き伏せるつもりです」

「ユフィ……」

　正直、複雑な気分のままだ。本当に私が降りて、ユフィに任せてしまって良いのか迷ってしまう。すると、ティルティが私の頭に手を置いた。

「迷ってるんじゃないわよ」

「え……？」

「良いじゃない。ユフィリア様が次の王様になればアニス様は自由になるでしょう。その方が絶対にいいわよ」

「……いいのかな」

「アニス様が降りてもやるべきことがなくなる訳じゃないでしょう。どっちにしても忙しくなるわよ。聞いた話だと、ユフィリア様のやりたいことはアニス様が夢を叶えることでしょう？　アニス様が王になってもならなくても、魔学による功績は必要なのよ」

ユフィの望みは私の夢を叶えて古い伝統に縛られて歪(ゆが)んでしまった国を変えること。そのために魔学の功績が必要だと言うのはティルティの言う通りだ。

「誰よりも王家を知り、王家に近い精霊契約者が今までの伝統ではなく、アニス様を選んだのよ。なら胸を張りなさい。新しい時代を作るんでしょ？　それを貴方一人でやるか、ユフィリア様と一緒にやるのかって違いしかないでしょう」

「ユフィと一緒に……」

「……まぁ、私も少しぐらいなら手を貸してやるわ。あとイリアも、レイニだっているでしょう？　アニス様しか王を背負えないって言うから黙っててやったけど、他に候補がいるなら押し付けちゃえば良いのよ。アニス様に王様は向いてないわよ」

「ティルティまで向いてないって言う……」

「向いてないわよ。出来てもただ出来るだけ。私みたいな奴も見捨てられないのに政治なんて出来る訳ないでしょう」

ティルティが優しく頭を撫でてくる。普段だったら絶対やらないのに、そう思いつつも私は目を細めてしまう。

すると、何か強烈な悪寒が走った。視線を感じたのでそちらに顔を向けるとユフィが私を無表情で見ていた。するとティルティがパッと私から離れた。

「やだ、嫉妬しないでよユフィリア様。……本当に何もなかったの、貴方たち？」

「何も！　ない！　超えてない！」

「超えてないだけでしょ、どうせ」

超えてないだけ、と言われたら私は反論の言葉を失って唸ることしか出来ない。ティルティを睨んでいると、ユフィが私の傍に寄ってきて私の手を引っ張った。

無表情なのに不満なオーラを出しているユフィに私はどうしていいのかわからなくなって、助けを求めるようにイリアとレイニに視線を向ける。

「あっ、お茶を用意してきますね、私」

「レイニ、私も行きましょう」

「私も診察が終わったから、お茶頂いてさっさと帰るわ」

「ちょっ、ちょっと！　貴方たち！」

視線を向けた途端、示し合わせたように部屋を出て行こうとする三人。呼び止める前に扉の向こうに消えていく。最後にティルティが私に顔を向けて。

「一応、安静にしておきなさいよ。ユフィリア様、アニス様をよろしく」

「お疲れ様でした、ティルティ」

ばたん、と音を立てて扉が閉められる。流れるような展開に私が置き去りになっていると、ユフィが私の腕を抱え込むように引いてくる。

「ユ、ユフィ……その、近いんじゃない……？」

「そうでしょうか？　ティルティともこのぐらいの距離だったと思いますが」

「心の距離！　心の距離が違うから！」

「そうですか」

「なんで満足げなの⁉」

私と腕を絡めたユフィは、暫くそうしていたけれど安静にするということで、ベッドに私を寝かしつける。その間も手を握ったり、頰に手を伸ばしてきて私が戸惑うことになる。

レイニとイリアがお茶を持って来てくれたら解放されたけど、妙に時間をかけた二人に対して私は恨めしげな視線を送ることしか出来なかった。

＊＊＊

父上が母上とグランツ公を連れて離宮にやってきたのは日が沈んだ後だった。関係者が応接室に集まり、開口一番に父上はユフィにこう告げるのだった。

「ユフィリアを養子に迎えるのは良いが、時期を見るべきだと私たちは考えている」

「時期、ですか」

「うむ。精霊契約という功績だけであれば、ユフィリアの功績だけに人望が集まるであろう。それではユフィリアの望みは叶わんのではないか？」

「……そうですね。あくまで私が目指すのは新しい時代を築くための中継ぎの王です」

「うむ、その目的は私たちも共有していると思っている。だからこそ、ユフィリアを養子に迎えて王位継承権を与えると言うには時期尚早すぎると思うのだ」

父上が重々しく言う。私も同じ思いだ。このままユフィが精霊契約者になったという理由で王家の養子に入っても、それは初代国王の再来になるだけでユフィの目的は果たせない。最終的に私たちが目指さなきゃいけないのは過度な精霊信仰からの脱却だ。

魔道具を量産することで平民にも貴族に頼らなくて良い程の力を身につけてもらい、身分の差をなくしていく。

そして平民たちは自立していき、自分たちの力で生活を守っていけるようにする。

でも、平民が貴族に頼らずに自立していけば貴族の権威は減ることになる。それ自体が目的ではあるけれど、やり過ぎで貴族からの反発を受けて国が割れては元も子もない。

「ユフィが精霊契約を為した功績を盾にして、マゼンタ公爵家に王位を禅譲するのも考えたのだが……結局、精霊契約にのみ目が行くのでは意味がないし、マゼンタ公爵家を立てれば魔法省をはじめとした精霊信仰に厚い貴族は黙ってはいないだろう」

「なのでアニス。貴方の功績が必要なのです。貴方が王になろうと、ユフィリアが王になろうと、魔学が国から功績として認められる程の成果が必要です」

「そもそもアニスよ。お前は自分が王になった後、貴族をどうするつもりだったのだ？」

「どうするつもりって……なんでそんなことを？」

「お前とて何も考えずにいた訳ではないだろう。そもそもお前が王になった後、どんな国作りを目指していたのか、しっかり聞いておくべきだった」

どんな国作りか。私が平民に対しては魔道具を提供して貴族からの自立を促そうとしていたことは父上たちも知っている。

じゃあ、貴族に対するアプローチは？　父上たちが聞きたいのはそういうことなんだろうと思う。それについても何も考えてなかった訳じゃない。

「特別なことは何も。そうですね、強いていうなら自由を広げてあげたいんです」

「……自由？」

「貴族だから魔法の腕を磨かなきゃいけない、とか、そんな固定概念に縛られる必要なんてないんだって言ってあげたいんです。結局、私の目指すべき理想は、皆が自由であることなんですよ」

例えば、私はティルティを知っている。貴族に生まれながらも魔法を自由に扱えない人がいることを。

例えば、私はアルくんを知っている。王族に生まれたのに優れた才がないと言われて、追い詰められるように生きることしか出来なかった弟のことを。

「貴族だから、平民だから。そうやって身分で隔てられるのをなくして、自分が思うような生き方が出来る国が良い。貴族も魔法の腕を磨くだけじゃなくて、例えば精霊や魔法の研究に精を出していいと思いますし、平民がちゃんと教育を受けられるなら貴族の代わりに領地の運営をしてもらうとか。今は身分によって色々となりたいものが決められているし、それ以外何にもなれないって世の中は嫌じゃないですか。それを変えたいんです」

だから私が望むものは〝自由〟なんだ。受け継いできた伝統によって縛り付けられた価値観や風習を壊してでも、そんな国にしていきたい。

生きていて幸せだと思える未来のために、たくさんの選択肢を残してあげたいんだ。

そう思って言うと、母上が目を丸くして私の顔をまじまじと見つめてくる。

「えっ、な、何ですか、母上……？」

「……改めて貴方はオルファンスの娘なのだと、そう思っただけですよ。そっくりです」

「何を言い出すのだ、シルフィーヌ。どこが似ていると言うのだ」

突然の母上の私と父上が似てる宣言に、父上がこれまた嫌そうな顔をして呻きだした。

すると思わぬ所から援護が飛んで来た。

「いや、そっくりだぞ、オルファンス。間違いなくアニスフィア王女はお前の娘だ」

「グランツまで何を言うんじゃ！　こんな馬鹿娘とそっくりなど認められんわ！」

「園芸や農業」

「ぐぬっ」

「新しい作物の品種改良」

「うぐぐ……っ」

「……貴方が王にならなかったら、きっとアニスのようになっていたのでしょうね」

しみじみと母上が呟くと、父上から反論の声は出て来なかった。分が悪いと悟ったのか、
咳払いをしてから父上は話題を変えてきた。

「……なぁ、アニスよ。お前は自分を虐げた貴族に恨みがあるのではないのか？」

「恨んでないかって聞かれたら恨んでますし、許せるかって言われたら許せないと思います。でも、同じ国で生きる人ですから。わざわざ復讐したいとか、蹴落としたいとか思ってませんよ。そんな時間ありませんし」

「……そうか。この国に自由を与えたい、か。そんな時代を築きたいと言うのか……」

「……父上？」

「私もそんな国が見たい、そう思っただけだ。だからアニスフィア、やってみせなさい。お前の後ろには私がいる。お前の好きなように進んで、理想を叶えてみせなさい」

そう言う父上の表情は、今まで見てきた中で一番穏やかな表情だった。だから直感的に理解した。これは〝父親〟としての顔なんだと。気付いてしまえば、父上はいつもどこか国王として自分を律していたようにも思う。

そんな父上が見せた、ただの父親としての表情と言葉に私は胸に染み入るものがあった。目を閉じて噛みしめるように父上の言葉を受け止める。

「はい。私なりに頑張ってみます。……父上」

私も穏やかに言葉を返せたと思う。父上はやっぱり優しい表情のまま私に頷いてくれた。

「……それで、何か案はないのか。アニスよ」

「案ですか？　うーん……」

「──それなら、私から一つ提案が」

「ユフィ？」

　さて、じゃあ実際にどうしようか、という話になった時に声を上げたのはユフィだった。

　そしてユフィが提案した内容は、驚きと納得を同時に私たちに与えたのであった。

＊＊＊

「……はぁ？　俺に力を貸して欲しい、だと？」

「お願い、トマス！　貴方の力が必要なの！　私たちに力を貸して！」

「……待て。頭を下げるな、面倒臭そうな気配がする。聞かなかったことにしたい」

「だーめ！　あーっ！　追い返そうとしないで！　父上からの正式な認可を貰ってるから、これは王命なんだよ！」

　トマスを訪ねるために私とユフィはガナ武具工房にやってきていた。そこでトマスに交渉をしようと思ったんだけど、見るからに乗り気じゃない。

　それでも王命という単語を聞いて、話も聞かずに追い返せないと悟ったのか諦めたように私たちの話を聞く姿勢を取ってくれた。

「……それで、頼みってのは？」

「トマス。貴方にお願いしたいのは私たちのご意見番なのです」

「ご意見番？」

「こちらをご覧ください」

そう言ってユフィはトマスに一枚の紙を渡す。内容を確認したトマスは片眉を上げた。

「……なんだこりゃ。新しい魔道具か？」

「エアドラと言います。アニス様の魔女箒(ほうき)の発展系の魔道具と言えます」

「箒がどうやったらこんな奇妙な小舟みたいなものになるんだ……？」

「……ごほん。トマスにはこちらのエアドラを組み上げられる職人の紹介と、私たちとの間に立って交渉役をお願いしたいのです」

「おいおい、なんでそんな大役を俺なんかに任せようって言うんだ？」

トマスが流石(さすが)に不安げな表情になって聞いてくる。そんなトマスに対してユフィはさも当然だと言うように答える。

「それはトマスがアニス様と接してきた時間が長い職人だからです。貴方ならアニス様の考えを汲(く)み取って意見を言うことも出来るでしょう？」

「……まぁ、それはそうだが」

「私たちは城下町、特に職人の事情など把握出来ていません。だから尚のこと、トマスを仲介役として起用したいのです」

「……大手の工房に持ち込んだ方が良いんじゃねぇの？　それなら」

「貴方は自分の腕前が大手の工房に劣っていると思うのですか？　工房の規模が職人の優劣を決めるとは私は思っていなかったのですが」

ユフィの言葉にトマスは唇を尖らせ、頬をぴくりと動かした。これは少し機嫌を損ねた時の仕草だ。

「ユフィ、挑発しないの。トマス、信頼が置けるって言うなら貴方が一番なんだ。それに頼みたいのがこれ以外にもあって……」

「あぁ？　このエアドラ以外にも？」

「これなんだけど……」

私はトマスに追加でもう一枚の紙を渡す。紙を受け取って目を通したトマスが奇妙なものを見たように眉を顰めた。

「……あぁ？　これも魔道具……なのか？」

「……一応、分類としては？」

「……いや。流石にこれは、ここに持ち込むようなものじゃないだろう？」

「だからこそなのです。今回は幅広く、かつ連携が取れる職人たちの手が必要なのです。なので必要な人材を集めるのにトマスの仲介と協力が必要なのです。大手の工房となると、利権などが絡んで逆に難しいと思うのですが」

「……そうだな。つまり、エアドラとこれは一緒に扱うってことなんだな？　この二つの意図はわかるぜ。俺でも理解出来る。でも、ここまで派手なことをする必要があるのか？」

「……トマス。ここだけの話でお願いします。今、私には王家から養子に来ないかという話が持ち上がっています」

「…………はぁ？」

「それで大きな功績が必要になってしまったのです」

「いやいや……功績って、なんでそんな話に……あっ、いや、いい。聞きたくない。詳しくは話すな。しかしな、大きい功績って言うならエアドラだけでも十分じゃ……いや、そういうことなのか……？」

トマスがもう一度、私が手渡した紙に視線を落とす。それから考え込むように押し黙っていたけど、顔を上げてユフィを見た。

「……正直、俺からすればエアドラだけでも十分だと思う。けれど、それだけじゃ足らないからコレなんだな？　ユフィ様」

「はい、理解が早くて助かります。この計画が上手くいけば平民の職人たち、この計画に関わってくれた人たちに新たな展望を開くことも出来るでしょう。その際の後ろ盾としてアニス様と私が立つと明言します。どうでしょうか？　トマス、やってくれますか？」

「……俺じゃなきゃダメなのか？」

「では、誘い文句を変えます。トマス、自分がただ守られるだけの存在じゃないと、職人としての価値を証明したくはありませんか？」

ユフィの誘い文句にトマスは顔を顰めて、腕を組んで天井を見上げる。どれだけそうして固まっていたのか、トマスは降参するように両手を上げた。

「降参だ、わかったよ。協力する。これを作るのに必要な職人に声をかける。但し王命だろうが仕事の依頼だと思って受けるぞ？　報酬は払ってもらえるんだろうな？」

「それは勿論」

「なら、やるだけやってやるさ。……ったく、アニス様が関わると面倒事にしかならん」

腕を組み直して呆れたように言うトマスに私は苦笑を浮かべてしまう。トマスに何かを頼む時はいつもこんな問答をしていた。

それでもトマスの顔には僅かに笑みが浮かんでいた。アニスの依頼には職人の力がどうしても必要になる。それは職人の価値を知らしめる良い機会になる。

依頼も受けてもらえたので、ガナ武具工房を後にするユフィ。私も後を追うようにガナ武具工房を出ようとして、その前にトマスへと向き直る。

「あの、トマス。もう一つお願いしても良いかな？」

「何？　なんだ、まだあるのか」

「うん。……あのね――」

そして、私はトマスに願いごとを伝えた。するとトマスが驚いたように目を見開く。

「……良いのか？　何かと理由をつけてずっと拒否してただろ？」

「うん。でも、良い機会だから」

「……そうか。何の心境の変化か知らないが、そっちも引き受けてやるよ」

「ありがとう、トマス」

私のお願いごとを聞いて、トマスは快く引き受けてくれた。お礼を言う私を見るトマスの目には、なんだか見守られているような温かさを感じてしまうのだった。

11章　ハジマリの魔法

パレッティア王国の気候はほぼ一定している。けれど、その例外が雨期だ。年の四分の一を占めるこの季節は王都に住む貴族の里帰りのシーズンとして認識されている。

雨期の間は領地に戻って屋敷で休みながら、何か災害などが起きた場合は即座に駆けつけられるように。要職についている貴族はそうもいかないけど、一般的に雨期という季節の特徴としてそんな傾向がある。

城下町の賑わいも静かになる一方で、職人たちは弟子の育成や雨期明けを狙った仕事に励む。そんな雨期が明けた頃、離宮をトマスが訪れていた。

「えぇと……ほ、本日はお招き頂き、大変、こ、光栄に思います……？」

「トマス、ここは離宮だから堅苦しい挨拶はしなくても良いよ」

きっちりと正装したトマスだけど、どうにも服に着られている感じが否めない。いつもより身だしなみを整えていたトマスだったけど、私にそう言われると表情を崩した。

「……ったく、慣れねぇなぁ。これっきりにして欲しいぜ」

「それはどうかな？」

「勘弁してくれ。……依頼の品、確かに届けたぞ。エアドラに関しては低空飛行の試験は問題なかった。あとの試験性能はアニス様に任せて良いんだな？」

「うん。後日、エアドラの開発をしてくれた工房の人たちに挨拶とお礼をしに行くよ」

「そうしてくれ。大仕事だったからな、かなり張り切ってくれたぞ」

トマスが視線を向けた先、そこには前世で言うところのバイクに酷似した物――エアドラが運び込まれていた。こちらの原案を見て職人たちが更に検討を重ねて生み出された新たな飛行用魔道具。ドラゴンの素材も使用した、歴代の魔道具の中でも最高級品だ。

「他に頼まれていたものは先に納入されてたんだってな？　そっちは大丈夫だったのか？」

「うん。そっちはもうユフィと確認を終えてるよ」

「問題がないなら良いんだ。……ったく、面倒な仕事だったが、やり甲斐を感じてしまうのがな。これだからアニス様からの依頼は嫌になるぜ」

「そう言いながらも満更でもないんでしょ？　トマス」

「……チッ、可愛くねぇの。でもまぁ、これが上手くいったら魔道具がもっと広く量産されるようになるのかもしれんな」

「それが目的だからね。上手くいくように後は私たちが頑張るよ」

「そこは心配してないさ、アニス様だからな」

トマスと話していると、エアドラの納品を確認していたユフィがこっちに寄って来た。

「トマス、お疲れ様でした。エアドラを含め、これで依頼した品は全てこちらで確認させて頂きました」

「ご満足頂ければ幸いだ」

「えぇ、貴方たちの働きには結果と報酬で応えたいと思います」

「そういえば告知されてたな、近々アニス様が大々的に自分の研究成果を公表するって」

「注目を集めたいですからね。雨期で領地に戻っていた貴族も王都に戻ってきます。その流れに合わせて王都を訪れる者もいますから、それを狙ってでもあります」

「そうかい。……まぁ、頑張ってくれ。俺も楽しみにしているよ」

ユフィは穏やかに笑みを浮かべて頷いた。雨期の間、私たちも社交を挟みつつ、ティルティをはじめとした色んな人の協力を得て準備をしてきた。

お題目はエアドラをはじめとした〝飛行用魔道具の研究成果の発表〟である。これは父上からも正式に認可を頂いている。これを機に私の評価を覆すというのが表向きの狙いだ。ただ本当の狙いは別にあるんだけど、それがどう転ぶのかは今の段階ではわからない。ただ出来ることは全力でやってきたと思う。後は当日を迎えるだけだ。

「……アニス様。じゃあ、これが最後の納品だ」

「え？　まだ何かありましたか？」

トマスが更に納品があると言うと、ユフィが不思議そうに首を傾げた。私も何のことかと思ったけど、トマスが鞄に入れていた箱を開けた瞬間、納得してしまった。

トマスが開けた箱に入っていたのは一本の剣。まず最初に抱いた印象は……刀身が短い。どこからどう見ても刃の長さが短剣だ。

でも短剣にしては持ち手の柄の部分が長い。刀身に対して柄が長めなので不釣り合いに思えてしまう程だ。刀身の鍔の部分も複雑な細工が施されている。

「……アニス様、これは？」

「トマスに頼んでたんだ。私もアルカンシェルみたいな魔剣が欲しいって」

マナ・ブレイドを作った時、トマスに刀身があった方が良いんじゃないかと何度も指摘されたことがある。その方が安定した仕組みに出来る、って。

でも私は頑なに刀身をつけることを拒んだ。それは魔法らしくないっていう感情的な理由だったけど。勿論、携帯することを目的にしていたのもある。ただ、マナ・ブレイドに刀身がついていないのにはそんな子供っぽい理由があったのも事実で。

でも、ユフィに魔法使いだって言ってもらえたことで抵抗感がなくなった。

「マナ・ブレイドだとドラゴンの魔力ですぐダメになっちゃうからね。だからマナ・ブレイドよりも丈夫な魔剣を作って欲しいって頼んだんだけど……」

「ユフィ様のアルカンシェルでの経験を活かして、刀身に詰められるだけ精霊石を目一杯練り込んだ。おかげで刀身は分厚くなったが、これなら生半可なことでは折れはしないだろう。アルカンシェルと同じく刀身が魔力の伝導体の役割を果たすから、今まで以上に魔力を刀身に乗せやすくなってる筈だ」

「……でも、これ剣って言うより、もう鉈とかじゃない？」

　トマスから受け取って魔剣を鞘から抜いてみる。私の前に姿を見せた短剣の刃は片刃、その刀身は肉厚で重さを確かに伝えてくる。

　磨かれたように美しい刀身は私の顔を映しそうだ。私の手に馴染む感触に何度も確かめてしまう。改めて握ればわかる。この柄の長さは片手で握っても、両手で握っても良い長さだ。不釣り合いなのは刀身の長さだけ。

「いや、〝魔剣の雛形〟だ。マナ・ブレイドとしての機能を活かすための、それだけのための剣だ。確かに真っ当な剣じゃない。剣としては不格好だろう。刀身の長さと柄の長さは計算したが、多少は調整出来る。後で感想を聞かせてくれ」

「あぁ、見せてくれ。俺も試したが……我ながら、かなりのじゃじゃ馬だ」

トマスの言葉に頷きながら、私は二人から距離を取って両手で剣を握る。息をゆっくりと吐きながら剣に魔力を込めようと意識を向ける。

──深い。真っ先に感じたのはそんな感触だった。まず刀身への魔力の通りが良い。それ故に深い。どこまで魔力を込められるのだろうかと思う程に底が見えない。

いつもマナ・ブレイドを使う時よりも多く魔力を注ぎ込む。トマスがじゃじゃ馬と言うのもわかる。これは普通のマナ・ブレイドとは比べものにならない。

注いだ魔力が一定の感覚を超えた時、柄から伸びるようにして魔力の刀身が形成されていく。ようやく刀身の長さと柄の長さが釣り合うような、片刃の光の刀身だ。

「そのままなら、刀身は本体の刀身を伸張させるイメージで使える。両刃にしたい場合は魔力の注入の仕方を変えてくれ。手元の鍔の核とした精霊石の注入量を切り替えれば変形を補佐出来る。アニス様は魔力量だけは多いからな。それぐらい改造しても良いかと思ったが……不服か？」

「量産品としてはもうちょっとコストと限界値を下げても良いかな。でも、私の一品ものとしては……最高の魔剣だ」

まず折れなさそうなのが良い。これなら私の全力どころか、ドラゴンの魔力を注ぎ込んでも壊れないと確信出来る粘りの強さと懐（ふところ）の深さを感じる。

「魔力を通さない時は護身用って感じかな。短いから抜きやすく、構えやすい。攻めよりも守りを重視したんだね」

「そうだ。アニス様には〝魔法〟があるんだろう？　なら、道具ぐらいはあんたを守って良い。その剣は絶対に折れない。アンタが諦めず握り続ける限り、アンタの力になる」

トマスの言葉に、私は勢い良く顔を上げてトマスを見てしまう。トマスは不敵な笑みを浮かべて私を見返していた。

「魔力が切れても盾代わりに、そして攻撃を弾（はじ）くには都合が良いと思った。これがアニス様に贈れる俺の最高傑作だ」

「……〝魔法〟がある、か。酷（ひど）い殺し文句を聞いたなぁ、本当」

思わず目頭が熱くなってしまう。これは確かに私のための剣だ。マナ・ブレイドの欠点を克服し、魔剣として使うことを前提とした護（まも）りの剣。

普通の発想なら生み出されない私だけの、私のためにある剣。この剣は折れない。だから私は〝魔法〟を使い続けられる。魔力が尽きない限り、この意志が尽きない限り。

これは、そんな私に向けられた祈りと願いそのものに思えた。

「……トマス。この剣の名前は？」

「むっ。……俺には教養がない。気に入ったならアニス様が名前をつけてくれ」

いや、それはそれで困るんだけど。名前、名前ねぇ？　思わず首を傾げて命名に悩んでいると、声を出したのは今まで様子を見守っていたユフィだった。

「――〝セレスティアル〟というのは如何ですか？」

「セレスティアル？」

「〝空〟を意味する名だったと思います。私のアルカンシェルは〝虹〟なので、姉妹剣ならピッタリの名前ではありませんか？」

「〝虹〟に〝空〟か。確かにピッタリかな」

「この世界で初めて空を飛ぼうと思った人には、ぴったりの名前だと思います」

――〝空〟。そうだ、私の始まりはいつも空からだったんだ。

あの日、空を見上げてから私は〝私〟になった。その日から私の全てが始まっている。

この命も、祈りも、願いも。私がこの世界に齎したものが生み出した私だけのもの。

「……堪らないなぁ」

涙が自然と流れた。最近、泣かされることが多い。でも、この涙を止めようとは思わなかった。この涙がトマスの作品に向ける何よりの賞賛だと思えたから。

「トマス、貴方と会えて本当に良かった」

魔力を収めて、セレスティアルと名前を授けられた剣を鞘に戻す。それから私はトマスに握手を求めるように手を差し出した。

トマスは少し戸惑いながらも私の手を握ってくれた。不器用な、ごつごつとした男の手だ。この手が生み出したものが私には愛おしくて、誇らしい。

「私は貴方と出会えた幸運を忘れない。王族だとか、平民だとか関係ない。貴方は私が認める最高の鍛冶職人だ。本当なら名誉だってあげたいぐらいだけど……」

「……いや、良い」

トマスは今まで見たことがない程に穏やかに微笑んで私を見つめる。

「どんな宝石よりも価値のある涙を見せてもらった。……俺はそれで満足だ」

「……口説くにはちょっと遅かったね」

「誰が口説くか」

うん。私たちはそれで良い。だから心の中で何度も言わせて欲しい、トマス。

貴方は私の掛け替えのない友だって。何度でもありがとうを伝えたいって思うんだ。

＊＊＊

その日、夢が飛び立ったのだと思えた。

雨期も明けたばかりの今日、国王であるオルファンスによって王女アニスフィアによる魔学の研究成果の発表があることが伝えられた。それは以前、魔法省の講演で紹介された新たな飛行用魔道具のお披露目だと言う。

アニスフィアが摩訶不思議な道具で空を飛んでいる姿は国民の多くが目にしたことがある。しかも、素材にはあのドラゴンの素材も使っているのだから凄いとしか言えない。

恐らく次の王位を継ぐための功績を積むための発表なのだな、と、とある貴族の令嬢は考えた。これからのアニスフィアの苦労を思えば応援したい気持ちが出てきた。

この貴族の令嬢の家は下から数えた方が早い爵位であり、彼女自身も才能に恵まれたとは言えなかった。そんな彼女でさえ落ちこぼれだと言うレッテルが貼り付けられる。

アニスフィアは彼女よりももっと不利な状況に置かれていた。彼女でさえ、時には涙を流してしまいそうになる程に辛いのに、彼女よりも辛い状況にいる筈のアニスフィアはいつも笑顔で、楽しそうに不思議な道具を発明していた。

密かな憧れがあったのだろう。彼女にとってアニスフィアとは苦難に置かれながらも前向きに日々を生きて成果を出し続ける尊敬に値する人なのだと。

そんなアニスフィアの新たな発明は、やはり凄かった。

　エアドラという見慣れぬ乗り物に乗るのは近衛騎士団のスプラウト騎士団長。風魔法の使い手でもあり、騎士としても有能な彼が騎手として選ばれたのは万が一の状況を想定しての采配だった。

　アニスフィア、そして助手を務めるユフィリア・マゼンタ公爵令嬢が魔道具の紹介を行う。飛行用の魔道具によって齎される恩恵や、運用の仕方、そこに興味を引かれる者は多いのか、興味深そうに耳を澄ましている人が多い。

　一方で、あまり快くない表情を浮かべているのは魔法省の面々だ。アニスフィアを嫌っている彼等であれば、やはりアニスフィアが大きな成果を出すことには苦々しい思いがあるのだろうな、と彼女は考えた。

　実家は精霊信仰に厚い派閥に属しているので、家の関係から彼女自身がアニスフィアと交流を持つ機会はなかった。本音を言えばアニスフィアから薫陶を受けてみたいとは考えているけれども、それが難しいと思うと少しだけ気が滅入る。

　様々な思いを抱えながら見ていると、スプラウト騎士団長が操るエアドラがドラゴンの嘶きのような轟音を立てて吼える。風を起こし、エアドラが浮き上がっていく。そして勢い良く空へと舞い上がっていく姿に、悲鳴にも似た歓声が響き渡った。

「飛んだぞ！　アニスフィア王女じゃなくてもちゃんと飛べるのだな、あれは！」

誰がそう言ったのか、ざわめきは同意の空気を作って行く。確かにアニスフィアが箒(ほうき)のような道具で空を飛んでいるのは見たことはあっても、自分が同じように飛べるとは思えなかった。

けれど、今こうして空を舞っているエアドラを操っているのはスプラウト騎士団長だ。その姿も乗馬の姿勢に似ていることからか、自分がどのように操るのかを想像がしやすいように思える。

これならば、という声はそこかしこから聞こえてくる。そのままスプラウト騎士団長の駆るエアドラはあっという間に小さくなり、城下町の上空をゆっくりと一周するように旋回して戻って来た。

スプラウト騎士団長が飛行を終えてエアドラが着陸すると、歓声が響き渡る。スプラウト騎士団長も満足そうに軽く片手を上げて歓声に応えている。

「──皆様、盛大な歓声、大変ありがとうございます」

驚きと喜び、そして期待すらも滲(にじ)ませた歓声を静まり返らせたのはユフィリアだ。学院では同じ学年だったため、彼女のことも少なからず知っていた。

背筋を伸ばし、アニスフィアと並ぶユフィリアは学院で遠目で見ていた頃から何も変わらないと、彼女は思う。

「エアドラはこれまでの飛行用魔道具とは違うことは皆様にもご理解頂けたと思います。しかし、課題は多く残っています。その一つが緊急時、空中で魔道具の機能が停止した場合です」

盛り上がっていた観衆は、ユフィリアの一言で熱狂が冷めてしまったように黙ってしまう。確かにあんな上空から落ちてしまえば命の危機もある。

だからこそ風魔法の使い手であるスプラウト騎士団長が騎手として選ばれたのだろうが、それでは風魔法が使えない人ではやはりあの魔道具は自在に使えないのでは、という声が小さく聞こえ出す。

「――ですので、こちらに新たな飛行用魔道具を用意してあります。続きましては、こちらの魔道具のご紹介をさせて頂ければと思います」

笑みを浮かべながらアニスフィアがユフィリアに代わって宣言すると、観衆は驚きの声を上げる。エアドラの発表が本命ではなかったのか、と。

「魔道具による飛行、その発表と同時に助手であるユフィリア・マゼンタ公爵令嬢の協力もあって飛行用魔法が編み出されたことは魔法省で講演を受けた方はご存じかと思います。しかし、彼女の才覚を以(もっ)てしても飛行のための魔法を制御するのは困難と言わざるを得ませんでした。――そこで私たちが新たに発明したのがこちらの装束です」

観衆の視線は、アニスフィアとユフィリアが纏っているドレスに向いた。

今日の発表のために着飾ったドレスを着ているのかと思えば、ドレスそのものが魔道具だというアニスフィアに誰もが驚きと、同じぐらいの懐疑的な視線を送る。

一見、何の変哲もないドレスに見える。敢えて特徴を挙げるとすれば見事な宝石が飾り付けられていて、立派な刺繍がドレスの至る所に施されていることだろうか。

アニスフィアの纏っているドレスは、まるで鳥が翼を広げたような意匠のドレスだ。白を基調とし、ふんわりとしたピンク色のアクセントが入ったドレスは彼女のイメージによく似合っている。

後でわかったことだが、これはアニスフィアが懇意にしているトマスという職人が中心となって声をかけた職人たちによる合作だという話だ。

普段、アニスフィアが好んで纏っている騎士服ドレスを豪奢にしたものにも見えるだろう。そのドレスの上から、これまた同じ意匠で仕立てられたコートを羽織っている。

ユフィリアのドレスもまたアニスフィアと対になるように仕立てられているようだった。彼女も騎士服ドレスを元としたドレスだが、その色彩は蒼く、蝶を思わせるような色鮮やかな刺繍が施されていた。

アニスフィアのドレスが快活さや明るさを感じさせるなら、ユフィリアのドレスは高貴な印象をこれでもかと飾り立てる優美さがあった。

コートの意匠もアニスフィアのものとは細部が異なり、全体的にユフィリアのものの方が大人の落ち着きを感じさせていた。

これが魔道具だと言われてもピンと来ない、というのが誰もが思ったことだろう。

「――それでは、これより私とユフィリア公爵令嬢による空中飛行及び空中円舞を行います。どうか皆様、私たちの成果を目に焼き付けて頂ければと思います！」

――その日、夢が飛び立ったのだと思えた。

アニスフィアとユフィリアを見つめる貴族令嬢の彼女は、これから起きる光景を生涯、忘れることはないだろうと思った。

＊　＊　＊

（――魔力の通りはよし、と。流路は問題なさそうね）

私はゆっくりと深呼吸をしながら〝ドレス〟へと己の魔力を通しながら意識を集中させていた。

今日のために仕立てられたエアドラと並ぶ傑作。それがこのドレスとコートだ。

このドレスとコートに施されている刺繍は、今までの魔石研究の集大成とも言える逸品だ。刻印紋とレイニの魔石という二つのサンプルから導き出された、目的の魔法を補助するための〝人工的な魔石〟と言うべきもの。

今日に至るまでの私の積み重ねと、ユフィが精霊契約に至ったことで魔法への理解が進んだことで生み出すことが叶った人工魔石。

その人工魔石を核として、ドレスを編む糸から精霊石を加工して定着させたものを使用して生み出されたのがこのドレスだ。試行錯誤と開発費で目が飛び出してしまいそうな程にお金を使ってしまったけれど、必要経費だと割り切る。

(これで飛行魔法が安定して使える。——そう、私でもだ)

ずっと夢があった。私には、魔法に憧れた最初の夢があった。

誰かを笑顔にするための魔法、そんな私が憧れた〝最初の魔法〟。

手を伸ばす。翳すように空に手を広げて、空を掴むように握りしめる。

息を呑んで見守る観衆が私とユフィに視線を向けている。私を毛嫌いしている魔法省の貴族たちだって、信じられないと言うような表情を浮かべている。

そして、私の関係者が集まった一角がある。イリアとレイニは祈るように両手を胸の前で組み合わせている。父上と母上は視線が合うと一度、強く頷いてくれた。

グランツ公は私たちをただ真っ直ぐ見つめている。その隣にはリュミエルがいて、不敵に微笑んだ。

そして、ティルティ。彼女は鼻を鳴らすような仕草をした後、唇を大きく動かした。

――〝行ってきなさい〟、と。そんな言葉に浮かんでくるのは笑みだった。

私はこんなにも多くの人に支えられてきた。ここにはいない城下町の職人たちにだって感謝の言葉を伝えないといけない。

もう私の夢は一人で見る夢じゃない。私は視線を隣に立つユフィへと向けた。ユフィも私を見てたのか、私たちの視線が絡む。それにどちらからともなく微笑み合う。

「ユフィ。――行こう！」

「はい、アニス様。――飛びましょうか」

ユフィの返事を聞いて、私は勢い良く地を蹴って走り出した。どんどんと加速していきながら目指すのは城壁だ。

一歩、踏む度にどんどんと速度は増していく。このままでは壁に向かって突撃していくことになる。幼い頃、風の精霊石を使ってそんな失敗をしたことがあったな、なんて思い出してしまう。

――もう、あの時とは違うんだ。私は前へ、もっと前へと進んできたんだ！

「――飛べぇぇぇぇ――ッ‼」

――私の声に反応して、〝翼〟が開いた。

迫っていた城壁を飛び越えるように私の身体(からだ)が持ち上がる。私の背には空の色を思わせるような光の翼が広がる。その翼がぴんと伸びて、私に浮力を与える。

後ろから驚愕(きょうがく)の声と、遅れるように歓声が聞こえてきた。けれど、その声も遠くなっていく。人工魔石は問題なく効果を発揮して、私を空へと連れて行ってくれる。

そして、私に一歩遅れるようにして隣に並ぶのはユフィだ。

私の空色の翼に対して、ユフィの背中に広がるのは虹色の羽だ。その姿はまるで妖精のようだと私は密(ひそ)かに思っている。

空色の翼と、虹色の羽。互いの翼が風を捉えて空を進んで行く。二人で空中を踊るようにハイタッチ。そのまま互いに笑みを浮かべ合ってから城下町の上空を掠(かす)めるように飛(ひ)翔(しょう)していく。

予(あらかじ)め伝えていたエアドラの公開飛行を見るために外に出ていた民たちは、今度は翼と羽を広げて飛んでくる私たちの姿に度肝を抜かれていたようだった。

その中にはトマスや、エアドラやドレスの製作に携わっていた職人たちの一団が見えた。

彼等は待ちかねたと言わんばかりに私とユフィの名前を呼んで大きく手を振っている。

私たちはトマスたちの頭上を掠めるようにして飛んでから、再び上空へと戻っていく。

そのパフォーマンスが更に興奮を掻き立てたのか、城下町の至る場所から歓声が聞こえてくる。

「アニス様！」

「ユフィ！」

ユフィが私に呼びかける。私は応じるようにユフィを呼ぶ。城下町の上空、城からも目にすることが出来る中央の位置まで飛び上がって私たちは向かい合う。

――さぁ、始めよう。私たちの夢の結晶、魔法で空を飛びながら魅せる空中円舞を！

人に翼はない。だから人に空を舞う術はなかった。空は人のものでもなかった。でも、それも今日までにする！　人は空を自在に飛べるんだと証明する！

「さぁ、お披露目の舞台は最高だよ！　行こうか、セレスティアル！」

セレスティアルを鞘から引き抜いて、私はユフィへ真っ向から突っ込んでいく。

ユフィもまた、私と距離を詰めるようにアルカンシェルを引き抜いて、私へと振り下ろす。私は受け止めるようにセレスティアルで迎え撃つ。

剣戟の音が甲高く空へと響き渡る。空中では踏ん張りが利かないから、互いに弾かれるようにして距離を取って、またぶつかるように刃を噛み合わせる。

何度かの交差の後、互いに弾き飛ばすように距離を取って円を描くように空中を飛び回る。その間にも私に向けて魔法を行使してくる。

「〝エアカッター〟！」

虹色の羽を大きく広げ、頭上を取るように高度を上げたユフィがアルカンシェルを振う。描かれた剣閃をなぞるように風の刃が迫って来る。

「それぐらい！」

迫る風の刃を仰け反るようにして回避して、そのまま空中で宙返りしてユフィへと向かっていくけど、ユフィは私を遠ざけようとするようにエアカッターを繰り出し続ける。

流石に堪らず、逃れるように急な角度で進路を変更する。私が進路を大きく変えたタイミングで滞空していたユフィも動く。今度は浮力を緩めて一気に地に向かって速度を上げていく。

「逃がさないよ！」

落下し、速度を増しながら落ちていくユフィに私は加速して追い縋る。ユフィが少しだけ眉を寄せたのが見えた。

私たちは同じ条件で飛行をしているように思えるけれど、実際にはかなり違う。

ユフィの飛行はあくまで補助を受けて、ユフィ自身が飛行魔法を使って飛ぶことが軸になっている。なので、あくまで浮力を得るのをメインに魔道具が調整を施されている。

だから飛行魔法と同時に発動出来る魔法には制限が出てしまう。大規模な魔法となれば処理が追いつかないので、移動しながらは難しいとユフィ自身が言っていた。

対して、私は完全に魔道具のみの飛翔だ。ユフィが組み上げた飛行用の魔法を組み込んだ〝人工魔石〟によって飛行が実現している。ユフィの飛行は魔法で直接制御してるけど、私は魔石を通しての制御になる。この違いがそれぞれの飛行の特色を生み出した。

「このっ！」

私は大きく振りかぶるようにセレスティアルを振り下ろすと、ユフィのアルカンシェルが受け流すように軌道をズラす。

そのままユフィが私の腕を掴んで、私を引っ張るようにしてすり抜けていった。更には背中を蹴っていくおまけつきだ。

「やったわねぇ！」

ユフィに蹴られた勢いで、私はそのまま地面に向かっていく。空中で前転をするように姿勢を取り戻して、迫った建物の屋根に両足をつけるように着地する。

（あぁもう、ぬるって避けられる！　制御の自由度だったら魔法制御式には勝てない！）

屋根を蹴って空に舞い上がるけど、本当にこの差には頭を悩ませてしまう。どうしても人工魔石による間接制御では、操作の自由度で魔法による直接制御に及ばない。

「だけどね、それならそれでやりようがあるんだよっ！」

私は意識して魔力を巡らせ、飛翔の速度を加速させる。確かに操作性ではユフィに負けるけど、飛行の制御にはユフィ曰く、かなりの集中力を使うらしい。

間接制御では複雑な操作は出来ない。だけど、だからこそ勢い良く踏み込んで速度を出すだけなら負けない。あっちは速度を出すって意識して、その上で制御しなきゃいけないから思い切りさえ負けなければこっちに軍配が上がる！

それはユフィもわかってることだ。だから曲線を描くような複雑な軌道で私の突撃をいなそうとする。その回避の仕方は予測済みだけどね！

「伸びろぉっ！」

魔力刃が私の意思に応えて勢い良く伸びていく。空中で回転して、ユフィに向けて伸びた刃を叩き付けようとする。

ユフィは予想していたのか、魔力刃を盾にして私の一撃を防ぐ。その際に生じた反動を生かすように私から距離を取る。

逃がさない、と言うように私はユフィに追い縋る。そんな私に対して、ユフィは楽しそうに笑みを浮かべて私を迎え撃つように反転してきた。

「アニス様、心地良いものですね！ 自由というものは！」

「えへへ、そうでしょう！ 楽しいでしょう！」

空は自由だ。翼があればどこまでも行ける。魔女箒で飛ぶのとも、エアドラで飛ぶのとも違う感覚は新鮮で、鮮烈で、心が楽しくて沸き上がりそうになってしまう。

「だからこそ、貴方は恐ろしい――！」

「何が怖いってっ！」

「貴方の飛び方の方がずっと巧みで、少し悔しいぐらいですね！」

「まだまだ空を飛んだばかりのユフィには負けられないよ！」

「悔しいですが、こと飛行に関しては同じ条件だったら敵いません！ でもこれがアニス様の見ていた世界なんですね……！」

あのユフィが興奮したように言葉を捲し立てている。それは普段は見せないような喜びや驚きを素直に表しているように見える。

「どこまでも行けるのが……怖くて！　それでも、胸がいっぱいになるくらい楽しいですね！　アニス様！」

あは、と。ユフィらしからぬ笑い声が零れた。あぁ、それを聞いて私も思ってしまう。

心の底から楽しいのだと、私たちはこの空中円舞を心の底から楽しんでしまっている。

「だから、簡単には終わらせたくはないですね！」

ユフィの叫びと同時に振り抜かれたアルカンシェル。描かれた剣閃が尾を引くようにして虹色の弾幕を生み出していく。多種多様な属性を込めた、ただの魔力の弾丸だ。それを散弾のように解き放ったのだ。

「いぃっ⁉　あっぶなっ⁉　マナ・シールド！」

迎撃が間に合わないと悟り、手を掲げて叫ぶ。手首につけられた腕輪、それを中心として私の前面に魔力の盾が形成されてユフィが放った弾丸を受け止める。だけど、受け止めた反動で後ろへと吹っ飛んでしまう。

そのまま空を滑るように滑空して、その場でターンを決めるように身を回す。そのまま勢いをつけてユフィへと向かって飛翔する。

「お返し！　セレスティアルッ！　オーバーエッジ・セパレイション！」

大きく横薙ぎに振るったセレスティアルの魔力刃が刀身から離れ、巨大な斬撃となってユフィへと迫る。

迫る一撃にユフィは背の虹色の羽を大きく広げる。その場に踏み止まるようにして構え、私と同じように魔力刃を巨大化させた。

「――アルカンシェル、オーバーエッジ」

セレスティアルの魔力刃を真っ二つに叩き切るようにアルカンシェルが剣閃を描きだした。その反動でユフィが僅かに顔を顰める。その瞬間、私は加速のための魔力を叩き込んだ。動きが止まってる今がチャンス！

「つっかまえたぁああああ‼」

腕を前に伸ばしてユフィの腕を掴む。そのままユフィが制御に意識を傾けでもしなければ追いつけない速度で無遠慮に振り回す。

「くっ、ぁああああっ‼」

「あばばばっ⁉　いたたたっ⁉」

必死の形相でユフィが全身に雷を走らせた。手に走った痺れと痛みに私は手を離してしまう。その隙を狙ってユフィが飛行の速度を上げて私を追うように加速してくる。

そして眉を寄せたまま、ユフィがドロップキックを私のお腹へと叩き込んできた。

「げほっ⁉」

勢いがついていたせいで、私はそのまま地上の方へと向かって落ちていく。勢いを緩めるけれど、空に戻るには角度が足りない。身体強化の魔力を足に回し、着地の衝撃を堪える。じんと足が痺れたけれど、そのまま建物の屋根を蹴って空に舞い戻る。

「ユフィは⁉」

見失っていたユフィの姿を探すように上空を見れば、天にアルカンシェルを掲げるようにしてユフィが滞空していた。

ユフィの足下に大きな魔法陣が浮かび、虹色の弾幕がユフィを取り囲む星のように生まれていく。弾幕は数と大きさを増していき、緩急をつけながら私へ放たれた。

私はセレスティアルの魔力刃で放たれた弾丸を飛翔しながら切り捨てていく。ユフィを中心とする弾幕は未だに数を増やし続けている。

「なら、中心ごと薙ぎ払う！」

セレスティアルに魔力を叩き込むと、染みこむようにセレスティアルが魔力を取り込んでいく。私の背丈を何倍も超えるほどの長さになったセレスティアルを掲げ、私はユフィに向けて振りかぶる。

「はぁぁあ――――ッ！」

私に向かってこようとした弾幕は一掃出来たけれど、当然の如（ごと）くユフィは大ぶりな剣の軌道なんてお見通しだ。身を翻（ひるがえ）すように滞空から飛翔へ変えて、私の背後を取ろうとするように旋回する。

それに負けじと私も魔力刃の大きさを変化させてユフィへと振り返るようにして向かい合う。そのタイミングでユフィの一撃が迫る。

私は弾き返すようにセレスティアルを振り抜く。互いの魔力刃が噛み合い、何度も刃を交差させる。その度に離れて、再びぶつかる。

追いつけば応じるように剣をぶつけ合い、そして追う側と追われる側が入れ替わる。目まぐるしく上下左右、自在に飛び回りながら私とユフィはぶつかり合う。

「ユフィッ！」

「アニス様ッ！」

互いの顔に浮かぶのは笑みだった。楽しくて仕方がないと言うように私たちは空で舞い踊る。けれど、そんな時間も無限には続かない。私たちは不意に示し合わせたように動きを止めて滞空して見つめ合う。汗が頬から流れ落ちて、そのまま風に流されていく。

「……魔力、かなり減っちゃった」

「……そうですね」

この飛行用魔道具は数多くの機能を詰め込んでいるから、魔力消費の燃費が悪いという欠点がある。これ以上は安全面も考えて止めた方が良いと判断する。

ユフィが空に浮きながら私の傍まで寄ってくる。互いに伸ばした手が触れ合って、指を絡めるように握り合う。

ユフィが浮かべる表情は笑顔だけど、どこか名残惜しそうだった。それは私も同じ気持ちだったけど。

――そこで、ふと私は足下から響く歓声を耳にした。

眼下の城下町では私たちの空中円舞を見て興奮したのか、皆が歓声を上げながら大きく手を振っていた。城の方からも少なくない歓声が聞こえてくる。

その歓声に身分の差はなかった。城下町の人も、騎士も、旅人も、貴族も。誰もが笑顔で私たちを讃えている声が聞こえてくる。

「……アニス様」

指を絡めた手を強くユフィが握り締めた。気が付けば私の頬には涙が伝っていた。

魔道具が普及するということは、私のように魔法を使えない人でも空を舞えるようになるということだ。それは全ての人たちに可能性が拓けるということだ。

誰もが夢を見て、可能性を胸に抱く。あぁ、それはなんて素敵な未来なんだろう。

これから先に困難がないとは言えない。だけど、この一時だけは皆が笑っていた。大きく歓声を上げて、喜びに浸っていた。

「……ッ、ふ……ぅ……！」

その光景は、私の夢見た希望が皆にも認められたような気がして、込み上げるものが胸に広がっていく。ここに今、自分が叶えたかった光景がある。

前世の記憶を自覚した時からずっと、夢に見ていた光景。いつしか、叶うことはないのだと諦めかけていた夢物語。

王族として生まれながらも、王族に望まれる才能に恵まれなかった私は誰からも価値を見出されなかった。だからこそ自由だった。自由だったからこそ、どこにでもいけるからこそ私は一人だった。でも、今はもう一人じゃない。

変わり者でも、王族失格の王女でもない。空を飛んだ王女だと、そう胸を張って言える。この瞬間、確かに私はこの世界に望まれていると思えたんだ。

「アニス様、笑ってください」

「ユフィ……」

「皆が、貴方の笑顔を望んでくれますよ」

ユフィが微笑みながら言った。それでも零れ続ける涙は止まらないままで。

だから、涙も気にせずに私は笑うことにした。もう一度、眼下へと視線を下ろす。歓声は未だ止まず、視線は自分たちを見上げ続けている。

私はそんな人たちに向けて手を振った。自分の存在を知らしめるように。貴方たちにだってこの空は望めるものなのだと伝えたくて。

私が手を振ると、歓声が爆発したように再び膨れあがる。歓声を耳にしながら私は一つ、思い付いたことがあって手の内にあったセレスティアルを見つめた。

「……ユフィ、もうちょっとだけ付き合って」

「アニス様？」

「この前、私に見せた虹の結晶の剣……あれ、出せる？」

「……出そうと思えば」

「じゃあ、お願い。私も、やってみるから」

お互い、手を繋いだまま鞘に収めた愛剣を構える。私がセレスティアルに魔力を込めるのに合わせてユフィもアルカンシェルに魔力を注いでいく。

セレスティアルのどこまでも魔力が染み入る深さは、マナ・ブレイドの時とは比べものにはならない。だからこそ確信があった。あの日、ユフィが見せてくれたように私にだって出来る筈だと。

そして、セレスティアルに込められていた魔力がその感触を変えた。光を帯びていた剣身が、その光を結晶化させていく。その色は、私の魔力の色である空色。

ユフィも同じように虹色の結晶の刃を纏わせたアルカンシェルを生み出していた。私はユフィに目配せをしてからセレスティアルを天に翳すように掲げる。

ユフィもまた、アルカンシェルをセレスティアルに重ねるように掲げてくれた。互いの刃が重なり、小さく音を立てた。

「――空に」

「――虹を」

そして、重ねた剣が粒子のようになって降り始めた。私とユフィはそのまま王都の上空を円を描くように飛んでいく。王城の上空も掠めて飛んでいく間にも、二つの剣の結晶が粒子のように降り注いでいく。

きらきらと光りながら降り注ぐ粒子は、この光景を目にする全ての人たちに届く。誰もが空に目を奪われていて、子供などははしゃぐように手を光の粒子へと伸ばしていた。

そして再び上空へと上がり、互いの剣を再び掲げるようにして重ね合う。

私が何をしたいのか、ユフィは何も言わずに汲み取ってくれた。私に微笑みかけてくれるユフィに頷きながら、私たちは声を揃える。

込める願いは感謝。この世界に生まれたこと、この国で育ててもらったこと、私を導いてくれた全ての人に想いを込めて。


「――この国に住まう、全ての民へ」

「――祝福を！」


紡がれる祈りの言葉に、結晶化した刃が弾けた。

飛び散っていく粒子はまるで花火のようだ。私たちを中心にして弾けた空色と虹色の光はキラキラと輝きながら宙に溶けていく。言葉にした通り、この光景を目にした全ての者たちへ祝福を贈るように。

歓声は鳴り止まない。今度は子供だけじゃなくて、誰もが降り注ぐ光の粒子に手を伸ばす。手に落ちれば溶けて消えてしまう魔力の粒子は声を失う程に幻想的だ。

その光景を私はユフィと手を繋ぎながら見つめていた。完全に消え去る時まで、いつまでも、いつまでも。

エンディング

前世の記憶を思い出してから、どうしても前世と今世の違いに思いを馳せることは増えていた。

垣間見た前世の世界は今世の世界よりも不思議で、ずっと発展していた。だからこそ、この世界よりもきっと自由があった。あれだけ発展していると、今世と比べると前世の方が良いところがあると思ってしまうかもしれない。

それでも、この世界には魔法があった。精霊が実在し魔物が存在していた。この世界で生きるということがどういうことなのかも学んでいくうちに、前世の世界の知識も合わせれば未知の領域に進むことが出来ると確信出来た。

その確信が見せた未来図が魔法で空を飛ぶことだった。それが最初の憧れだった。自分が夢を叶えたら皆が驚くだろうと。

——そうしたら、私を認めてくれるかもしれない。そんな願いを、いつも心のどこかで抱いていた。

一つ、また一つと過去を思い返すことで私は私という輪郭を認識していく。ずっと、目を逸らしていた自分を。

私は色んな物に振り回されて生きてきた。前世の記憶、王族の責務、魔法が使えなかったこと、どうにかしないといけない現実の数々が私を取り巻いていた。

憧れに向かって走ってきたつもりでいた。それは理由の半分で、もう半分は憧れに逃げ込まないと私は足を止めてしまうからだった。歩みを止めてしまえば絶望に足を取られてしまうから。だから見ない振りをしてきた。

でも、私は漸く自分を振り返ることが出来る。人に認められて、この世界に生きているという証を積み重ねて、不確かだった足元が地についたことで漸く振り返ることが叶った。

まるで長い夢の終わりのようにも思えた。私の中で何かが終わってしまったんだ。胸の中を占めていたものが溶けるように消えていく実感が尚更、終わりを意識させてくる。

「……終わったなぁ」

今日、成し遂げたことを思って口から感想が零れていく。既に日は落ちて、夜が訪れていた。私は離宮の中庭に出て、月と星が浮かぶ夜空を見上げながら呟く。

飛行用魔道具の発表は成功に終わった。エアドラだけでなく、魔法の補助具として生み出された人工魔石や、今までの技術の集大成によって編まれたドレス。

今日のお披露目を目にした人に驚きを与えることが出来た。大きなことを成し遂げたという達成感と、多くの人に注目されて認めてもらえたという実感。その二つの感情が胸の中で確かに広がっている。

「……なんか、もう死んじゃってもいいかもしれない」

「何を馬鹿なことを言っているんですか」

「……イリア？」

感慨に耽るあまり、つい零れてしまった言葉に反応したのはイリアだった。

中庭に出てきたイリアは、そのまま私の横に並ぶようにして月を見上げる。月光に照らされていたイリアの横顔を少し眺めていたけれど、私も視線を空へと移した。

イリアが何も喋らないので私も喋らない。少し気まずいけれど、何も言葉が浮かばずに時間だけが過ぎていく。それでもこのままではいけないとイリアに声をかけようとする。

「イリアは――」

「姫様は――」

お互いの声が完全に被ったことで私たちは顔を見合わせてしまった。イリアが目を丸くしているのを見て、思わずおかしくなって私は笑ってしまう。私が笑い出したのを見て、イリアも口元を緩ませた。

「イリアからどうぞ？　何か言いたいことがあるなら」

「いえ、姫様からどうぞ」

「えー……じゃあ、言うけど。イリアは私に仕えてきて本当に良かった？」

「……何故、そのようなことを？」

イリアは目を細めて、少しだけいつもより低くした声で問いかける。イリアから視線を逸らして、空を見上げるように見つめながら私は言う。

「良い機会かな、って思って。私はイリアに甘えてきたよ。この関係性が心地良かった。何も変わらなくても、互いに求めなくても良い。それでも一人じゃないって距離感が」

「……そうですね。私も大変、楽をさせて頂きました」

「そっか。……でも、それって私がワガママをずっとイリアに叶えてもらってたからなんだなって思うとさ、イリアに何かお返しをした方が良いのかなって……」

私がそこまで言うと、イリアは大きく肩を落とすように溜息を吐いた。

それから俯いたかと思えば、肩を震わせるように笑い出した。突然笑い出したイリアに何事かと凝視してしまう。

「イ、イリア？」

「……失礼しました。あまりにもおかしくて……肩の力が抜けました」

「なんかおかしなこと、言った……？」

「いえ。お互い、同じことを思っていたのですね。だから……なんだかおかしくなって」

そこまで言ってからイリアは私と向き合うように体勢を変える。その表情は柔らかくて、以前のイリアには欠けていたものが満たされたような、そんな気さえした。

「今回の件で自分の至らなさを思い知らされました。……暇を頂くことも考えました」

「えっ、そ、それは困る……というか、イリアに至らない所があったって……」

「私は姫様の苦悩一つも解決出来ませんでした。こんなに長くお側(そば)にお仕えしても姫様が苦しんでいるのを察することも。……こんなにも自分が無能だったのだと思った程です」

「……それは、私がイリアにそんなことを望んでなかったからだよ。私たちってさ、お互いに踏み込まないでいられる関係が心地良かったんだよ」

「……そうですね。だからこそ、自分がここにいる意味を考えてしまったのでしょう」

「……離宮にいるのが嫌になった？」

私の問いかけにイリアは言葉が詰まったように唇を結んでしまった。再びイリアが口を開いた時、彼女の声は随分と気落ちしているように聞こえた。

「……私が嫌になったのは、自分自身なのでしょうね。私は姫様のために何もしてあげられませんでした」

「そんなことないよ！　そんなこと……ない……！」

イリアの言葉が胸に突き刺さって、悲しみが湧き上がってくる。イリアにそんなことを言って欲しいなんて私は思ってない。

「違うよ、イリア。私たちは……お互い何も解決しなくて良かったんだ」

「……姫様？」

「だって、何かを変えるってことは凄く大変だ。私たちはきっとどこかお互いに不出来なのがわかってて、変わりたくても簡単に変われないことをわかってた。だから変わらないままの関係でいて良かったんだよ」

人はそう簡単に変わることが出来ない。私だって魔法への憧れを捨てきれなかった。

変わろうとすることや、成長することは大事だ。でも、そればかり求めていたら、人はどこかで折れてしまうかもしれない。変わることや進むことに疲れて、何も出来なくなってしまうかもしれない。

「だから、私はイリアに何かして欲しい訳じゃなかったんだ。ただ、傍にいてくれるだけで私は救われていたんだから……」

それは傷を舐め合うような関係だったのかもしれない。お互い簡単に変われないとわかっているから、変わらなくて良い関係のままでいた。

それでも人は変わらないままではいられない。変わり続けるのが大変だったとしても、私たちは生きているんだから。

これまで私とイリアは離宮という狭い世界でお互いが変わらないことでお互いに安心感を見出していた。でも私たちは変化の時を迎えている。離宮にユフィとレイニが来て、今までとは違う日々が始まろうとしている。

不安はある。けど、今は変わっていく明日への期待の方が大きくなっている。きっと、これまでより良い日々が私たちを待ってるんだと思えるんだ。

「私たちはお互い、変わるキッカケにはなれなかった。でも、一緒にここまで来れたんだ。それで良かった、それだけで良かったんだ」

「……それで良かった、ですか」

「うん。だからこれからで良いんだ、私たちが変わっていくのなら。望むことを望むままに叶えられるように頑張れば良いんだよ」

私の夢はユフィが繋いでくれた。イリアだってレイニを離宮に迎えてから変わった。私たちは今までのようにはいられない。だけど変われるからこそ、得られるものもある筈だって今なら言える。

「イリアは、離宮を出たい？」

「……いいえ、今暫く姫様たちの行く末を見守りたいと思います。どうかこのまま、お側に置いて頂けるのであれば」

「いなくなって欲しくないよ。……イリアは、私にとってお姉さんみたいなものだから」

何をしても見捨てずにいてくれた。私の無茶に付き合ってくれた。私を一人にしないでいてくれた。だから、この関係を例えるならイリアは私の姉なんだと思う。

イリアは私に姉だと言われて、何とも言えない表情を浮かべている。それは感情が表に出そうなのを堪えようとして失敗したような顔だ。

「……不敬を覚悟で言えば、私も姫様を手間のかかる妹のように思っていましたよ」

「イリア……」

「だからこそ手を離れてしまうのが、少し寂しかったのでしょうね。これからの貴方にはユフィリア様がついています」

「それを言ったらイリアにだってレイニがいるでしょ？　可愛い教え子がさ」

「それもそうですね。私たちも、離宮の生活も少しずつ変わっていくのでしょうね」

イリアの口元に笑みが浮かぶ。私も同じようにイリアに向けて微笑んでみせる。

「ねぇ、イリア。ワガママ言ってもいいかな？」

「なんでしょう」

くれた貴方と新しい関係を始めたいから。

「名前で呼んで欲しいな」

姫ではなくて私として呼んで欲しい。ここにいる一人の人間として、ずっと一緒にいてくれた貴方と新しい関係を始めたいから。

そんな祈りを込めたお願いにイリアは仕方ない、と言うように頷いてから口を開いた。

「畏まりました、アニスフィア様」

「うん。これからもよろしくね、イリア」

そうして笑い合っていると、レイニが私とイリアを呼ぶ声が聞こえた。そこで思い出したようにイリアが呟きを零した。

「そういえば、夕食の準備が出来たので呼びに来たのでした。レイニには悪いことをしましたね」

「じゃあ謝らないとね。ユフィも待ってるだろうし、行こう？」

「ええ、参りましょう」

一緒に肩を並べて歩き出す。長く変わることがなかった離宮での生活も、私たちも変わっていく。その確信を得ながら、私はイリアと一緒に離宮の中に戻っていった。

＊　＊　＊

——後の歴史、曰く。

パレッティア王国建国から長く続いた伝統を終わらせた〝女王〟の名が残されている。

苦難の数々で疲弊し、苦しむ民を救うべく立ち上がった初代国王は精霊と契約を交わすことによってパレッティア王国の基礎を築き上げた。

精霊契約という偉業によって基盤を開拓されたパレッティア王国の民たちは豊かさと幸福で満たされ、長い時を精霊信仰の教えの下に繁栄してきた。

しかし、長く続いた伝統にも変化の時が訪れる。魔法を使えるかどうかで血統を分けていた貴族と平民の対立や、長いこと権威を手にしたことで腐敗した貴族、その貴族によって虐げられる平民たち。こうして貴族と平民たちの間には深い溝が出来ようとしていた。

救済から始まった建国の歴史は富み栄えることによって腐敗していき、崩壊の一歩手前まで進んでいたと言っても過言ではないだろう。

そんな時代に立った女王が、初代国王と同じ偉業を成し遂げた〝精霊契約者〟であった。

その偉業を以てして伝統を閉ざした最後の高貴なる女王。

——その女王の名は、ユフィリア・フェズ・パレッティア。

精霊契約の偉業を成し遂げたことで王家に養子入りし、女王となった元公爵令嬢である。

歪んでしまった伝統を正すために、伝統の象徴を背負って国の頂点に立った彼女は国に革命を起こしていく。古き時代から、新しき時代へと次の世代に未来を託すために。

そして、女王となったユフィリアの傍らには本来の王家の血を受け継ぐ王女がいた。

長い伝統によって虐げられた革新者であり、時代の先導となった者。誰よりも魔法に疎まれながらも、誰よりも魔法を愛し続けた王女。

——その王女の名は、アニスフィア・ウィン・パレッティア。

伝統と革命の間を繋いだ二人の少女。彼女たちの偉業は長く民たちの間で語り草となる。

しかし、それはまだ先の話。なにせ、彼女たちの革命はまだ始まったばかりなのだから。

＊＊＊

「アニスフィア様、そろそろお目覚めにならないと会議の時間に間に合いませんが」

「ええ……？　あと……もうちょっと……」

「……致し方ありませんね」

「うわぶっ⁉　寒っ！　布団！」

「いい加減、寝ぼけてないで起きて頂けませんか？」

「むぅ……イリア……わかったよ……起きる……起きるから……」

布団を剝ぎ取られて無理矢理叩き起こされた私は、鏡台の前に座ってイリアに身だしなみを整えてもらう。

昨日は資料を纏めるのに興が乗っちゃって遅くまで起きていた。それで朝が辛くなるとわかってても出来ることは出来る内にやっておきたかった。

何度か寝落ちしそうになりながらも支度を終えて、イリアに連れられるままに食堂へと向かう。ふわりと漂ってきたのは朝食の良い匂いだ。

「もう！　アニス様、起きるのが遅いです！　朝食が冷めますよ！」

「うっ、ごめん、レイニ……」

すっかり離宮に馴染み、聞き分けのない子供を相手にするように叱りつけてくるレイニに肩を縮めてしまう。悪いのは自分だとわかっているので素直に怒られるしかない。

すると、そんな様子を見ていたもう一人が笑い声を零した。その笑い声の主は私より先に席に着いていたユフィだ。

「おはようございます、アニス様」

「おはよう、ユフィ」

飛行用魔道具の成果発表から数ヶ月の時が経過していた。その準備期間を置いて、ようやくユフィが精霊契約者になったことと、王家の養子に入ることが宣言された。

ユフィの名前はユフィリア・マゼンタから、ユフィリア・フェズ・パレッティアになり、今は王家の一員として籍を置いている。

発表の後は当然の如く騒ぎになった。魔学の成果が世間に認められつつあると言っても魔法の才能がない私を王にするのに納得していなかった貴族は伝説の再来であるユフィを歓迎した。

第二王女となり、王位継承権を賜ったユフィ。彼女の最初の仕事は伝統的な思想を受け継ぐ貴族たちを取り込み、その思想を新しくしていくことだ。

グランツ公はユフィが養子に入った後、以前から宣言していた通りユフィと完全に絶縁することを宣言した。

だからユフィは身一つ王家に入ったようなもので、後ろ盾は持っていない。それこそがグランツ公が出した課題だと、ユフィは言っていた。

もしユフィが自分の力で派閥を作れず、貴族を纏められないようなら女王になるという話はなかったことになる。だからグランツ公は相変わらず私の支持を表明している。

　ユフィは魔法省に勤めていた伝統的な貴族を中心に自分の派閥を結成させるために忙しくしている。ただ纏めるだけじゃなくて、将来的に伝統に固執している彼等に魔学を受け入れてもらえるように説得しなければならない。私だったら絶対にやりたくない。

　でも、正直心配はしていない。ユフィだったら必ず成し遂げると信じているから。だから私は私で仕事を果たさなきゃいけない。将来、ユフィが国を掌握した後に魔学を貴族や平民を問わずに広げていくための準備だ。

　それぞれが同じ未来を目指すために頑張っている。一緒にいる時間は減ってしまったけれども、心は前よりも共にあると感じられる。

「ユフィ、もう私に様付けしなくて良いのに様付けしてる」

「……癖です。次から気をつけますよ、アニス」

　表向きには義理の姉妹になった私たちだけど、別に姉妹らしくしてる訳じゃない。今でも私たちの関係を表す言葉を口にしようとすると気恥ずかしくて堪らない。

　この世界で一番愛おしい人。もう半身だって言っていいぐらいに離れられない人。一緒に夢を見てくれる相棒。それが私にとってのユフィだ。

　ユフィがいてくれるから私は未来を信じることが出来る。これからも国を改革していくにあたって困難にぶつかることもあると思う。

それでもユフィが一緒にいてくれる。ユフィだけじゃなくて、イリアやレイニ、父上や母上、グランツ公や色んな人が私に力を貸してくれる。

私はもう一人じゃない。私の夢は私だけのものじゃない。だからこそ私は強く未来へと一歩を踏み出せる。

「……アニス？」

「ん？」

「どうしたのですか？　ぼんやりしていたようですが」

「……何でもないよ」

幸せだな、って思っただけなんだ。私はここで私として生きていける。私のせいで多くの物を歪めさせてしまったと思う。その後悔は消えた訳じゃない。でも、その後悔を抱えても尚(なお)、生きていたいと思える理由が出来た。

私はこれからも生きていく。この世界で、パレッティア王国に生まれた第一王女として。この国に住まう全ての民の明日のために。そして何より、私が夢見た未来を実現させたいから。

「アニスフィア様、ユフィリア様。そろそろ出ないと間に合わなくなります」

「えっ、もうそんな時間⁉」

「アニス様がのんびり寝てるからですよ」

よく見ればユフィは既に食べ終わっていた。私の朝食はまだ半分ほど残っている。ちょっと行儀が悪いけれど、詰め込むようにして口の中に入れて水で流し込む。

案の定、イリアとレイニの目に殺気が宿ったような気がしたけれど誤魔化すように席を立つ。

「ご馳走様！　ユフィ、行こう！」

「ええ、行きましょうか」

行こう、と言っても向かう場所は別々だけど。それでも離宮を出る時は一緒がいい。

優しく私を見つめてくれるユフィの視線にくすぐったさを覚えながらも離宮の入り口に向かう。きっと今日も忙しくなる。毎日、そんな予感がしているんだ。

けれど、だからこそ幸せに思えるんだ。いつかこの騒がしくも忙しい日を愛おしく思える日が来る。いつか振り返るその日のために、今日も全力で夢に向かって走って行こう。

「ユフィ」

「はい」

出かける前のいつものやり取り。頑張って、と背を押すように私はユフィの頬にキスをする。するとユフィも私の頬に軽くキスを返す。

正直、慣れていなくて頬の熱が上がりそうになる。でもユフィが強請(ねだ)ってくるので断れない。ただ恥ずかしいだけで、嫌ではないから。

「……いつになったらアニスは唇にしてくれるようになるんでしょうね？」

「し、知らない……！」

「ふふ、楽しみにしてますよ」

そう言ってユフィは私の唇を啄(ついば)むようにしてキスしていった。不意打ちのキスをされたことに気付いた私は顔が更に赤くなる。

「ユフィッ！」

「遅れますよ、アニス」

ひらりとスカートを翻(ひるがえ)して一歩先に進むユフィ。茶目っ気を見せるユフィは心の底から幸せそうで。そんな表情を見せてくれる彼女が悔しいぐらいに愛おしくて、私はユフィの後を追うように離宮の外へと強く足を踏み出した。

あとがき

鴉ぴえろです。この度は『転生王女と天才令嬢の魔法革命』の第三巻を手に取って頂きまして、真にありがとうございます。こうして三巻を皆様にお届け出来て胸を撫で下ろしているところでございます。

三巻の内容でしたが、Ｗｅｂ版とは大きく変更したので驚かれた方も多かったのではないかと思います。この変更について、あとがきで少し触れようかな、と。

一巻、二巻と続けて出させて頂いた本作ですが、やはりＷｅｂで連載していた当時とは書いてる心境も異なれば一度出来上がったものを見直すということが出来る機会にも恵まれました。

一巻ではドラゴンが、二巻ではティルティが。そうした変化も加えながら書いておりましたが、この物語のキモはどこなのか？　改めて考えた結果がアニスフィアとユフィリアの関係なのだと思っています。

故に、今回は二人の関係をピックアップする路線で行こうと決めました。

アニスとユフィの関係を語る上で外せないのが魔法への思いです。片や、憧れを持ちながら得ることが叶わなかった者。片や、才能に恵まれながらも自らの望みを持てなかった者。対比となる二人の間にあるのは、やはり魔法なのです。

魔法はファンタジーの代名詞の一つで、いつだって私たちの心を楽しませてくれる喜びと希望に溢れたものであって欲しいと願っています。

魔法というキーワードを中心に描かれたこの世界は辛いこと、苦しいこともありますが、それでも希望を繋ぐことが出来ると思うのです。彼女たちが笑い合えるように。

この三巻で書籍版の転天は第一部完ということになります。ですが、アニスとユフィの物語はこれからも続いていきます。彼女たちの革命は始まったばかりなのですから。

転天は南高春告先生によるコミカライズも始まっておりまして、好評の声を頂き嬉しく思っております。これからも転天の世界を広げていきたいなと思うばかりです。

では、改めてイラストを担当してくださるきさらぎゆり先生、執筆に協力してくださった担当編集様、そして手に取ってくださった皆様に改めて感謝を申し上げます。願わくば、また次の巻のあとがきでお会い出来ることを願って。

鴉ぴえろ

お便りはこちらまで

〒一〇二－八一七七
ファンタジア文庫編集部気付
鴉ぴえろ（様）宛
きさらぎゆり（様）宛

転生王女と天才令嬢の魔法革命3

令和3年1月20日　初版発行
令和4年12月10日　6版発行

著者——鴉ぴえろ

発行者——山下直久
発　行——株式会社KADOKAWA
〒102-8177
東京都千代田区富士見2-13-3
0570-002-301（ナビダイヤル）
印刷所——株式会社暁印刷
製本所——本間製本株式会社

※定価はカバーに表示してあります。
●お問い合わせ
https://www.kadokawa.co.jp/（「お問い合わせ」へお進みください）
※内容によっては、お答えできない場合があります。
※サポートは日本国内のみとさせていただきます。
※Japanese text only

ISBN978-4-04-073916-8 C0193　◇◇◇